Caroline Grimm
Ma double vie avec Chagall

Éditions Héloïse d'Ormesson

Roman

ISBN 978-2-35087-768-6

Éditions Héloïse d'Ormesson
92 avenue de France, 75013 Paris
www.editions-heloisedormesson.com

MIXTE
Papier issu de sources responsables
FSC® C003309

L'éditeur de cet ouvrage s'engage dans une démarche
de certification FSC® qui contribue à la préservation
des forêts pour les générations futures.

Pour en savoir plus :
www.editis.com/engagement-rse/

À mon père.
Les livres ont toujours été des passerelles affectives,
jetées sur nos silences.

« Tout notre monde intérieur est
beaucoup plus réel que le monde apparent.
Quand nous considérons comme absurde
ce qui ne nous paraît pas logique,
nous prouvons seulement
que nous ne connaissons rien à la nature. »
Marc Chagall

Prologue
7 juillet 2014

Il suffit que je ferme les yeux, et je vois les choses telles qu'elles ont eu lieu cinquante ans plus tôt, dans ce petit hôtel de l'avenue de l'Opéra. Ce serait la première scène du film.

Tu n'as pas fermé l'œil de la nuit, repris par un de tes accès de nervosité, que seule Bella pouvait calmer. Tu as trop chaud, repousses le drap, sautes sur tes pieds nus, vêtu de ton pyjama en soie aux rayures élégantes que t'a offert Vava, la femme qui est dans ton lit, ta troisième épouse. Elle repose sur le ventre telle une baleine échouée, et l'image de Bella, le corps mince de Bella, la façon gracieuse qu'elle avait de dormir sur le dos, une jambe repliée, se superpose à ce corps affalé. C'est trop cruel, tu détournes le regard, réprimes un rictus amer, avances vers la fenêtre.

Toute la nuit, la musique des quatorze compositeurs auxquels tu as décidé de rendre hommage, et dont tu illustres les œuvres lyriques et chorégraphiques pour le plafond de l'Opéra, a résonné dans ta tête. Bien sûr, il y a *La Flûte enchantée* de Mozart, mais la plus persistante est celle du *Lac des cygnes*, la préférée de Bella. Tu crois reconnaître sa voix qui fredonne à ton oreille l'air lancinant et nostalgique de Tchaïkovski, tandis que tu enfiles en tremblant une jambe puis l'autre du pantalon informe qui te tient lieu de bleu de travail.

Cela fait déjà presque deux ans que tu travailles sans relâche pour être à la hauteur de l'honneur que te fait la France. Et c'est une commande officielle, toi qui détestes les commandes ! Poussé par l'orgueil, tu as accepté l'idée folle du ministre de la Culture, André Malraux. C'est un défi insensé, mais comment refuser une offre qui te consacre en tant que grand artiste français ? Tu as demandé à ne pas être payé pour ce travail, tu emploies juste trois peintres pour t'assister et occupes un vaste espace dans la Manufacture des Gobelins. À la fin du mois, le ministre viendra sur le chantier voir les douze panneaux latéraux que tu as réalisés ainsi que le panneau central circulaire. Tu as fini celui de Ravel, autour de *Daphnis et Chloé*, hier en fin de journée. C'est parce que Malraux assistait avec de Gaulle à la première de ce spectacle dont tu avais entièrement conçu les décors et les costumes, qu'à l'entracte, levant les yeux au plafond, il a eu l'idée de t'en confier la décoration. Si tout va bien, les panneaux seront ensuite acheminés en camion vers le palais Garnier pour les superposer au plafond ancien et original, peint par Lenepveu. Remplacer la légende démodée d'un plafond qui a mal vieilli par une symphonie de couleurs au service d'un Olympe peuplé de personnages ailés, de musiciens, de danseurs, de fleurs et d'instruments de musique. Tel est le pari !

Aux yeux de ce ministre audacieux, courageux, tu représentes la modernité malgré ton grand âge. Il ne pouvait te faire de plus beau cadeau pour ton anniversaire. Nous sommes le 7 juillet 1964, aujourd'hui tu as soixante-dix-sept ans. L'année du double 7, ton chiffre fétiche, toi, Chagall, tu t'apprêtes à vivre ton apothéose. Tout est écrit, tu en es persuadé. L'inauguration en grande pompe est prévue le 23 septembre cette année, et tu as un trac immense, l'impression que le temps raccourcit, que tu n'auras jamais assez d'un été pour tout finaliser comme tu le souhaites. Tu en as le vertige.

Tu ouvres doucement la porte et t'éclipses de la chambre d'hôtel. Ils t'ont confié une clef, tu peux entrer à toute heure de la nuit dans le palais Garnier, le gardien te connaît. Comme chaque matin, tu iras boire le café avec lui, à l'aube, dans votre petit troquet en face de l'Opéra, ouvrier parmi les ouvriers. Avec tes copains peintres en bâtiment qui te prennent pour l'un des leurs, tu admireras le soleil se lever, tracer au ciel une ligne rose jusqu'aux sculptures dorées, la Poésie, l'Harmonie, prêtes à s'envoler du toit du palais.

Tu as besoin de revoir le lieu seul, dans le secret de la nuit, de t'emplir de sa solennité, te laisser envahir par l'émotion en montant le grand escalier, prier dans la salle de spectacle sous l'immense rotonde, élever ton âme, en appeler à Tiepolo et à ses merveilleuses coupoles que tu as pu admirer dans les palais vénitiens. Dans le Tout-Paris, on critique déjà Malraux pour son mépris des dorures et des moulures du Second Empire et son choix d'un peintre aux couleurs criardes. Tu veux leur prouver qu'ils ont tort. Une fois le plafond amovible installé, le public comprendra, plus personne ne voudra le démonter, ils auront sous les yeux ta déclaration d'amour à la France. Tu ne vises qu'à mettre en valeur ce chef-d'œuvre, ce merveilleux écrin pour la musique et la danse qu'est l'opéra Garnier.

Dans la salle déserte et silencieuse, tu retiens ton souffle, t'assois sur un des fauteuils de velours rouge. En levant les yeux vers le monumental lustre de bronze, ses pendeloques de cristal, ses trois cent quarante lumières allumées pour toi seul, tu te sens minuscule, écrasé par le poids de ta mission. Quelle preuve de confiance de la part de ce ministre français de la Culture à celui qui fut un petit peintre né dans le *shtetl**. La France est ta terre, elle t'accueille, elle t'embrasse, elle te fait une place, elle est la femme que tu aimes à présent. À la mort de Bella, tu as perdu le lien vital, le cordon ombilical qui t'unissait à ta Russie juive, la source vive où tu puisais ton inspiration. C'est fini pour toi, la peinture de chevalet, tu reproduis les mêmes motifs, mais dépourvus de l'étincelle qui leur donnait la vie. Cette fois, peut-être que ton amour de la musique te sauvera. Tu as mis toute ton énergie, ta joie, ton courage, ta mélancolie dans cet ouvrage, dans cet hommage aux musiciens qui ont enchanté votre existence. Mais après... après ? Comment peindre à nouveau sans Bella ? Comment vivre en sachant que tu l'as tant aimée et que tu l'as usée ? Elle était ta plus belle fleur, et tu l'as fanée.

Tu joins les mains pour étouffer le sanglot amer qui laboure tes entrailles, monte en toi, déchire ta gorge, tu es soudain seul au monde, vagissant tel un nouveau-né privé du sein nourricier de sa mère.

Mais l'amour véritable est plus vaste et plus généreux, il emprunte des chemins mystérieux pour relier nos âmes.

Écoute ce murmure à ton oreille. Est-ce un froissement d'ailes, le chuchotement d'un esprit céleste ? Me voici, Bella, surgie de ta nuit, ta muse aux yeux profonds comme l'obscurité des temples.

* D'un dialecte allemand, *Schdädtel*, « petite ville ». Type de quartier ou village juif en Europe de l'Est, vivant en quasi-autarcie, qui apparut au Moyen Âge et dura jusqu'avant la Seconde Guerre.

Je me penche vers toi, un doigt au milieu des lèvres, je te presse contre mon cœur frémissant. Dans *Les Amoureux*, cette toile de tes premières années, c'était toi l'ange venu me ravir.

Les couleurs chantent, les formes dansent, et soudain te revient ce souvenir d'une de nos étreintes furtives dans ta chambre à Vitebsk, tu allais avoir vingt-trois ans, tu partais pour Paris le lendemain.

Il était une fois...

I

Ma Fiancée aux gants noirs

LE TRAIN ARRIVE À L'AUBE en gare du Nord. Derniers gémissements des freins sur les rails, dernier soubresaut et, dans une joyeuse mêlée de couleurs, une flopée de voyageurs jaillit des vieux wagons marron. Tu te tournes vers la jeune Française au ruban bleu dont le teint, de la blancheur du lait, te rappelle un tableau de Renoir affiché dans l'atelier de ton maître, Bakst, à Saint-Pétersbourg.

Durant ces quatre jours de voyage, vous vous êtes soutenus l'un l'autre. Tu as partagé avec elle les harengs entassés par ta mère dans un bocal en verre, entre ton unique chemise et ton taleth* dans ta besace. La jeune fille beurrait pour toi des larges tranches de pain noir, ton préféré, que tu tenais longtemps en main, comme un talisman, avant de les engloutir. Ton visage de pâtre grec au nez busqué, tes boucles encore enfantines, la douceur de ton sourire inspirent confiance, et la jeune fille s'est livrée avec d'autant plus d'aise que tu insistais pour qu'elle te parle en français.

* Taleth ou talit, talith. Dans la religion juive, châle rituel (en laine ou en soie) que revêtent les pratiquants lors de la prière. Chaque coin du voile est assorti de franges, nommées « tsitsit ». (www.linternaute.fr/dictionnaire)

Elle quittait une famille de Russes blancs, des gens riches de Saint-Pétersbourg qui l'avaient employée comme préceptrice durant plusieurs années pour donner à leurs enfants une solide éducation à la française. C'est avec soulagement qu'elle retournait en France. Une place de gouvernante l'attendait dans une famille près de Rouen, là où vivaient ses parents, et elle était heureuse de les retrouver et de rencontrer le mari à qui elle était promise. Tu l'écoutais, tâchant de t'habituer aux sonorités d'une langue encore inconnue dont elle te traduisait chaque mot, tes jambes serrées autour de ton seul trésor, une valise en carton remplie de tes gouaches, huiles sur toile et dessins. Tu les avais tous emportés avec toi, tous sauf deux toiles et un dessin que Vinaver t'avait miraculeusement achetés et qui avaient payé ton voyage vers Paris.

Bien qu'assis côte à côte pendant quatre jours et partageant le même wagon de troisième classe, la jeune fille et toi voyagez en sens inverse. Vos élans se croisent. Elle, la jeune gouvernante qui ressemble à une blanchisseuse fin de siècle, revient vers les siens, sa terre d'origine, tandis que toi, qu'on appellera bientôt Chagall, tu t'en éloignes, bien décidé à mettre des kilomètres et des années entre ta patrie et toi. Tu rêves de vivre en France, à Paris, la capitale mondiale de l'art, tu rêves d'y connaître la gloire et la fortune, et de payer ainsi ton droit d'entrée, ton droit au sol.

Tu quittes ta mère, Feïga-Ita, ton village, Vitebsk, et ton pays, la Russie. Dans le train, en gare de Berlin, le contrôleur allemand, après avoir vérifié ton billet, au nom de Moïshe Zakharovitch Chagalov, t'a pris à part pour s'assurer que tu n'avais pas de poux. Pauvre, seul, exilé, humilié, tu sens ta gorge se serrer à l'évocation de ce que tu laisses derrière toi. À commencer par ta promise, Bella Rosenfeld, dont l'image fixée sur la toile, tout en blanc gantée de noir, voyage avec toi. Une semaine avant ton départ, elle t'avait apporté des fleurs bleues, mêlées de verdure. En quelques jours, dans la fulgurante révélation de votre amour, tu avais réalisé le portrait d'une jeune fille dans l'innocence rose de ses seize ans, éclairé du pressentiment de celle qu'elle serait, une femme à toi dédiée, *ta* femme splendide et révérée. Hélas, comme dans les légendes de la Kabbale, il y avait encore tant d'obstacles à lever, de victoires à remporter, d'étoiles à décrocher, avant de conquérir ta belle. Si tu devenais un peintre reconnu, ses parents consentiraient à te donner la main de leur fille. Lors de vos après-midi volés dans ta chambre à Vitebsk, vous rêviez à votre avenir dans les milieux cosmopolites de l'art et de la culture dont vos parents provinciaux n'avaient aucune idée. Bella rêvait de théâtre, de grands textes, et elle avait réussi à convaincre ses parents de la laisser suivre un cursus universitaire à Moscou.

Pour toi, il n'y avait pas d'autre choix possible que Paris. *Vitebsk, je t'abandonne, demeurez seul avec vos harengs!** L'inertie de ton père te poussait à partir, leur ignorance à tous t'insuffla l'élan décisif. Ta vie obéirait à ton art. Or pour les tiens, un bon morceau de viande ou un kilo de harengs avaient plus de valeur que n'importe laquelle de tes toiles. Un de tes oncles t'avait même rendu son portrait parce qu'il le trouvait trop laid! Même ta petite mère adorée, par souci de pudeur, t'avait fait décrocher des nus du mur de ta chambre, parce qu'ils la faisaient rougir. Maintenant, ils sont face contre terre, et tes sœurs s'en servent de tapis! Les mots de tes proches résonnent dans ta tête: c'est entendu, le gamin est doué, il peut devenir chanteur et intégrer la chorale de la synagogue, violoniste, ou même danseur. Mais peintre, quelle idée! Il n'y a pas de peintres chez les Juifs!

* *Ma vie*, de Marc Chagall, 1931, Stock, 1993.

« Il est temps de se dire au revoir. » La blanchisseuse s'est levée, chapeautée, et te tend une main ronde et douce. « Merci pour votre compagnie. Je vous souhaite d'aimer la France et qu'elle vous le rende. Moi, je suis bien heureuse d'être de retour au pays. »

Tiré de ta rêverie, tu la regardes, hagard, par dessous tes boucles brunes. Elle pousse une énorme valise en carton devant elle, qu'elle peine à faire glisser sur le tapis usé du corridor.

« Mon père m'attend », dit-elle encore.

Le wagon s'est vidé de ses derniers passagers, il ne reste plus qu'à descendre. Tu rougis, bégaies un « merci », la peur tapie au fond des os. Enfin, besace sur l'épaule et valise à la main, tu sautes sur le quai. Tu marches droit devant toi, ou plutôt tu sautilles, le sourire gelé, il y a du monde dans la gare en cette mi-avril. Tu luttes pour avancer parmi les autres, à contre-courant d'une force intérieure puissante qui te recommande de faire demi-tour, de prendre tes jambes à ton cou et de repartir chez les tiens. Mais tu auras vingt-trois ans cet été. Tu sais que tu n'as plus le choix. Si tu restais plus longtemps à Vitebsk, ton corps entier se couvrirait de poils et tu porterais la barbe comme ton père. Porter la barbe de ton père, voilà ce que tu refuses, le symptôme flagrant de l'homme adulte dans ta communauté.

Peu à peu, l'angoisse desserre son étreinte, une main s'ouvre, l'oiseau s'envole.

À peine as-tu fait quelques pas sous la grande verrière inondée de lumière que tu as la révélation de toucher le jour, l'intuition profonde de sortir d'un tunnel. Au seuil de l'imposant bâtiment en pierre, tu vois la rue, la vie, les gens, les trolleys, les calèches, les omnibus, les passantes, les couleurs éclatantes, la richesse de cette nouvelle lumière qui ruisselle sur les choses. Tout est neuf, tout te fascine.

C'est bien le destin qui t'a donné rendez-vous à Paris.

Victor Mekler a voulu te faire la surprise de venir t'accueillir dès ton arrivée. Cela fait presque un an qu'il attend ce moment. Il t'a écrit tant de lettres qui sont restées sans réponse. Il s'est habillé pour l'occasion dans le style Rapin, silhouette à la mode pour qui a de l'ambition et fréquente les ateliers de Montmartre. D'un geste fébrile, il cherche sa montre dans les larges poches de sa vareuse, le train n'est pas en retard, c'est lui qui est en avance. Les chevaux de la calèche s'ébrouent, balayant de leur queue le temps qui passe trop lentement et l'air tiède du printemps. Le cocher, immobile sur le siège avant, semble s'être endormi.

Tout à coup, Victor t'aperçoit et fait avancer la calèche jusqu'à toi.

« Moïshe ! Oh, Moïshe, j'ai tellement espéré ce jour ! J'étais bien malheureux sans toi. Dieu merci, tu n'as pas changé. Le voyage ne t'a pas trop épuisé ? Viens, monte donc, le cocher va charger ta valise. »

Tu le dévisages avec étonnement. Toujours aussi nerveux, Victor trahit son manque d'assurance dans chacun de ses gestes. Sa mine inquiète, son teint terne et son regard sombre, incertain, ont toujours eu pour effet, selon le principe d'invisibles vases communicants, de renforcer ta confiance en toi. Entre vous, deux mondes s'affrontent.

Face à l'argent de Victor, vêtu avec soin, voire sophistication, et rejeton d'une famille juive aisée, aux privilèges anciens, ton air résolu, ton menton carré, ton regard bleu clair franc et lumineux semblent lui lancer un défi. Tu arrives avec des rêves et des pensées qu'on ne peut avoir qu'à vingt ans quand on a été un gamin de deuxième zone, nulle part à sa place hors des jupes de sa mère.

En observant Victor dans la calèche élégante et noire, aux roues peintes en rouge, la déférence du cocher et son empressement à décharger son hôte de sa maigre valise, tu te dis qu'à Paris comme à Berlin ou à Saint-Pétersbourg, il vaut quand même mieux être juif que pauvre.

« Je loue une chambre dans un charmant hôtel, place de l'Odéon. C'est le cœur de Paris, il n'y a pas mieux, t'annonce Victor en se penchant vers le cocher, à qui il sonne le départ. Tu dors où ce soir ? Je parie que tu n'as pas réservé d'hôtel. Viens chez moi… »

On dirait qu'il te supplie, son beau visage charmeur, presque féminin, tendu vers ton approbation.

Absorbé dans la contemplation de ce qui t'entoure, tu gardes le silence. Des garçons de café, le plateau à la main, virevoltent dans l'air des terrasses, dansent entre les clients attablés.

Victor, mal à l'aise, ajoute : « J'ai compris ce que tu m'as dit dans ta dernière lettre. J'étais jeune alors, innocent, enfin… euh… ne t'inquiète pas, moi aussi j'ai une amie et… »

Tout à ta joie de voir défiler les rues de Paris, de traverser la Seine, tu sens les mots se bousculer à ta bouche, ils affluent et t'étouffent, tu te mets à bégayer comme chaque fois que l'émotion est trop forte. Alors tu te retournes vers ton interlocuteur et lui poses une main sur le bras. Ce geste induit Victor en erreur, il reprend : « Tu m'as tellement manqué. J'ai cru repartir dix fois pour te retrouver. J'ai hâte de te montrer mon travail. Tu verras, j'ai progressé depuis que je suis à Paris. On se sent bien ici. Tu sais qu'ils ont finalement remis la légion d'honneur à Alfred Dreyfus ? Ce n'est pas chez nous qu'on verrait ça, n'est-ce pas ? "Heureux comme un Juif en France"… Nos anciens avaient raison. »

Victor ne demande aucune nouvelle de Bella, et tu crois savoir pourquoi. La fille des Rosenfeld a osé te préférer toi, un pauvre, logé du mauvais côté de la Dvina, plutôt que lui, l'un des enfants de la famille Mekler. C'est d'ailleurs la seule fois où Bella a pris le risque de décevoir sa mère. Malgré sa beauté, Victor est un chocolat amer aux yeux de ta bien-aimée, aussi rebutant que ses tableaux. Qui plus est, elle méprise ce regard de chien battu qu'en toutes circonstances Victor porte sur toi. Elle soupçonne un être miné de l'intérieur, aux aspirations et aux rancœurs inavouables. Selon elle, tu consacres beaucoup trop de temps à ton amitié pour Victor, lui donnant même des leçons gratuites de dessin. Certes, il t'arrive pour t'amuser de te maquiller, de souligner la clarté de tes yeux d'un trait de khôl, de rehausser de rose l'angle de tes pommettes ou l'ourlet de tes lèvres, et ces fantaisies scandalisent la mère de Bella, mais chez Victor, et personne ne s'en aperçoit, c'est l'âme entière qui est travestie.

Tandis que la calèche remonte tranquillement la rue Monsieur-le-Prince, Victor indique au cocher de vous déposer devant l'immeuble qui fait angle avec la place.

« J'habite au dernier étage, là, les deux fenêtres sous les toits, ça te conviendra ? » te demande Victor, inquiet.

Tu lèves la tête vers les deux fenêtres, la lumière douce se reflète sur leurs carreaux. Face à elles, le théâtre de l'Odéon semble agiter ses voiles de pierres blanches. Tu n'en reviens pas de ta chance.

Pourtant, à peine as-tu posé ta valise dans l'appartement très coquet de Victor que tu sens que tu ne pourras pas rester ici. Ce n'est pas le lit double, tu as l'habitude de partager ta couche, et même avec des étrangers, non, ce qui te gêne, ce sont les toiles de ton ami accrochées dans la deuxième pièce qui lui sert d'atelier, et que tu découvres, stupéfait. Comme à Saint-Pétersbourg, il ne s'agit que de portraits, des demoiselles bien nées, des femmes élégantes, à qui Victor rend hommage en s'appliquant à bien les dessiner. La note différente est sans doute ce rose pâle qui infuse la toile, ces touches en pointillé qui viennent troubler le réalisme du trait et donner à l'ensemble un faux air de tableau impressionniste.

Planté sur tes deux jambes, tu n'en crois pas tes yeux. Livide, tu te tais. Victor s'approche, te passe un bras sur l'épaule, fier de montrer à son ami l'influence du chic parisien sur son travail.

« J'ai rencontré deux maîtres incontestés ici. John Singer Sargent, un Américain qui enseigne aux Beaux-Arts et qui me fait la grâce de son amitié, ses toiles se vendent à prix d'or. Et Ignacio Zuloaga, de passage à Paris, déjà très connu en Espagne pour ses scènes de tauromachie. Ah ! Tu verrais la force virile qui se dégage de ses tableaux, c'est renversant. Ils m'inspirent, j'ai hâte de te les montrer. »

Tu te dégages de son étreinte et souffles en direction du plancher, tu souffres. C'est grotesque, c'est tellement laid, il n'a donc rien compris, rien appris ! Tandis que depuis Saint-Pétersbourg tu as suivi passionnément le courant des Modernes, te précipitant au palais Troubetshoï voir les scènes primitives, crues et torrides de Gauguin, les couleurs flamboyantes des grandes compositions de Matisse, Victor, lui, s'est raccroché au monde qu'il connaît, sans prendre aucun risque. Sa couleur est terne parce qu'il a collé à ses semelles les couleurs d'Europe centrale, ses portraits sont sophistiqués parce qu'ils sont à l'image de ses modèles, frelatés et élitistes.

« C'est de la mondanité, ce n'est pas de l'art. »

Cette fois-ci, tu le regardes dans les yeux et il peut y lire ta déception. Depuis le début, vous savez que c'est toi l'artiste, qu'il n'est qu'un amateur sincère qui brille par sa générosité. À toi le talent, à lui l'argent. La comédie a assez duré. Tu peux jouer un temps mais pas te compromettre. Il a gâché ses promesses, par mollesse, par manque de goût et de discernement.

Tu n'as plus prononcé un mot de la soirée et tu t'es couché en prenant l'air épuisé, invoquant les quatre jours de voyage. Victor, lui, ne peut pas dormir, il fait les cent pas, fume au balcon, vide la bouteille de vodka polonaise qu'il avait achetée pour toi et que tu as à peine goûtée. Plusieurs fois, il est venu s'asseoir sur le lit, saoul, malheureux et désireux de te parler, mais tu dors, tout ton corps plongé dans un profond sommeil. Alors Victor, dépité, en profite pour ouvrir ta valise et en sortir les huiles et gouaches que tu as emportées avec toi.

La première représente un cortège, un mariage, il y retrouve l'ambiance de ton quartier à Vitebsk, ses isbas fatiguées, la couleur pomme de terre de l'air et des rues. Mais pourquoi tes personnages ressemblent-ils à des bouffons ? Te moques-tu des pauvres ? Pourquoi être si outrancier dans le pittoresque ? La suivante, une huile sur toile, tremble dans les mains de Victor. C'est si loin de sa peinture, ces visages épais, ces couleurs exagérées. La mère, seins nus, ressemble à une vieille paysanne, et regarde son enfant rouge sang dans les bras d'un rabbin difforme. Et que dire de ces nus d'un rouge ardent, d'une sensualité fiévreuse, dont il n'est même pas sûr de reconnaître le modèle ? Est-ce Théa*, une de vos amies, dans un moment d'abandon, ou une inconnue ? Il enrage. Ces tableaux dégagent une énergie profonde qui renverse toutes les barrières bourgeoises de la raison, du correct, du conforme. Il continue à

* Théa fut la première amoureuse du jeune Marc Chagall. C'est elle qui lui présenta Bella Rosenfeld, son amie. Elle est citée dans *Chagall* de Jackie Wüllschlager, NRF, Gallimard, 2012, p. 92-93.

détailler une à une les toiles. La dernière le saisit à la gorge : c'est un portrait de Bella. Debout, moulée dans une robe blanche ornée d'un curieux col en forme de fraise, la tête coiffée d'un béret bleu d'où déborde la chevelure, légèrement tournée de côté, ses deux bras recouverts de gants noirs résolument plantés sur ses hanches, elle a l'air de le défier. L'éclat de cette toile est incomparable, le regard et l'attitude révèlent l'élan, l'impatience d'un caractère en lutte contre la médiocrité. Avec tout son amour, son ami et rival a devancé la réalité, dévoilé sa fiancée telle qu'il la pressent, rayonnante d'une force pure et passionnée. Victor s'essuie le front, desserre le foulard soudain trop près de sa gorge.

Comment fait-il ? Quel était le secret pour peindre ainsi, arracher des morceaux vibrants d'énergie à la toile du décor de nos vies ? Victor aurait beau peindre nuit et jour à s'en crever les yeux, y mettre tout son cœur, jamais il n'aurait accès à cette dimension. Un espace lui est hors d'atteinte, la cruauté est qu'il a juste ce qu'il faut de talent pour s'en apercevoir. Il range les toiles, remet la valise à sa place et s'allonge découragé sur le canapé disposé à la jonction de la chambre et de l'atelier, abandonnant son lit au fauve qui s'est mis à ronfler.

Le bruit de la rue, monté par la fenêtre ouverte avec l'air frais du matin, vous réveille dans un même mouvement. Il te faut quelques minutes pour te remémorer où tu es. Un large sourire galvanise tes traits tandis que tu observes Victor lutter contre sa tendance naturelle à refermer les yeux. Une fois habillé, Victor te propose d'aller prendre votre café dans un des bistrots du Quartier latin.

Vous cheminez en silence vers le boulevard Saint-Michel. Victor, le ventre vide et impatient d'avaler un croissant, se demande comment te parler de sa découverte de la nuit. Il en est venu à la conclusion que, en dépit de la puissance incomparable de ton style, à force de n'obéir à aucune tendance, tu fais fausse route. Ton orgueil démesuré te perdra. Il comprend mieux pourquoi tu as été si insensible à ses portraits. Tu as évolué en provincial, à contre-courant de la mode parisienne. Or c'est Paris, aujourd'hui, la capitale de l'art. Elle dicte ses lois au monde entier.

Attablés dans la salle enfumée du Boul'Mich devant des bols brûlants de café, des demi-baguettes et des viennoiseries, vous en arrivez rapidement au sujet qui forme le socle fendillé de votre amitié. Hélas, suite aux mots choisis par Victor, ton emportement excessif va le fracturer pour de bon. Décidément, il ne comprend pas, il n'a jamais compris! Tu secoues tes bras tel un naufragé en pleine mer, roulant des « r » furieux. Et d'abord, de quel droit s'est-il autorisé à regarder ton travail?

Victor, assis face à toi sur la banquette, demeure bouche bée, jetant de temps à autre un œil vers les tables voisines, l'air de s'excuser à ta place. Tu poursuis sans baisser le ton: « Il ne s'agit pas de reproduire la réalité, ni de rester à la surface des choses! La photographie fait ça mieux que nous aujourd'hui. Je veux saisir la vie dans sa profondeur, dans ses correspondances avec l'âme. Mes tableaux sont des métaphores. Es-tu aveugle à ce point?

– Tu exagères, les portraits de Sargent valent quand même mieux que n'importe quelle photographie, même retouchée, chuchote Victor pour t'inciter à parler moins fort.

– Épargne-moi tes modèles d'opérette, affronte les vrais maîtres! Parle-moi de Monet, de Pissarro. Ou de Gauguin. J'ai trouvé dans les rues de Vitebsk quelque chose d'aussi mystérieux, d'aussi puissant, d'aussi déraisonnable que dans les tableaux de Gauguin. »

Le garçon vient sur la pointe des pieds réclamer la note.

« Laisse, c'est pour moi », dis-tu en raflant l'addition, fier de pouvoir inviter ton ami grâce à la pension mensuelle que te verse Vinaver. Tu te lèves.

« On va toujours au Salon des indépendants cet après-midi ? demande Victor, inquiet.

– Bien sûr, pas question de rater ça », lui réponds-tu en souriant. Et déjà tu ne penses qu'au moyen de récupérer ta valise, car tu ne veux plus dormir chez lui.

Après la visite au Salon, la tension entre vous deux est à son comble. Victor te reproche de ne pas l'avoir attendu, d'être passé devant un maximum de toiles sans leur faire l'aumône d'un regard. C'est vrai, tu as visé le cœur de l'exposition sans t'attarder. Cela correspond chez toi à un choix précis et assumé : seule l'avant-garde en peinture t'intéresse. Et puis Victor n'a cessé de se plaindre, de se déprécier devant le génie des autres, en essayant de t'embarquer dans son entreprise d'auto-flagellation, cela t'est insupportable.

« Pauvres de nous, qu'allons-nous faire ici ? Tout a été dit et si bien dit ! Il nous faut prendre un billet et rentrer… »

À ce moment précis, tu le méprises de tout ton être, tu lui en veux. Toi, tu demeureras à Paris et fidèle à toi-même. Les doutes et les rêves qui te torturaient déjà petit dans ta ville natale ne te laissent aucun répit maintenant. Tu ne te figures pas l'art comme une profession ou un métier, les tableaux ne te paraissent pas destinés exclusivement à des buts décoratifs, domestiques. L'art, pour toi comme pour Tolstoï, comme pour tous les grands créateurs, relève d'une mission. Et tu ne crains pas ce mot si désuet aux oreilles de ton ami. Le soir même, tu prends ta valise et pars dormir ailleurs.

Un mois plus tard, Victor dira adieu à la peinture, à son appartement de la place de l'Odéon, à la vie de bohème, et retournera en Russie s'occuper du négoce familial.

II

Naissance

TU NE CONNAIS ENCORE PERSONNE à Paris et personne ne te connaît encore. Aucune importance, tu dormiras à la rue, sous une des voûtes de pierre qui bordent le palais du Louvre. Les nuits sont douces et tu seras ainsi à proximité des grands maîtres. Mais tu as peur aussi. Peur de finir comme un chien.

Heureusement, dans ces moments de désespoir, tu as toujours su frapper à la bonne porte, et c'est celle de ton compatriote Jacques Tugenhold qui s'ouvre. Critique d'art très respecté en Russie, homme de lettres, il est à Paris pour couvrir la présence de l'avant-garde russe et a toujours suivi ton travail avec bienveillance. Il te sent découragé, prêt à renoncer, et il s'efforce de te consoler, oui, tu es au bon endroit, celui que mérite ton talent. Il ne demande qu'à t'aider et téléphone à toutes ses connaissances. En attendant une meilleure solution, il t'invite à rester chez lui, où il n'a qu'un canapé à te proposer. Bientôt, ses recommandations portent leurs fruits.

Tu emménages 18, impasse du Maine, dans un quartier récemment loti de Montparnasse. Cet atelier blotti au fond d'une voie sans issue est celui de l'écrivain Ehrenbourg. Une sorte de trois-pièces, meublé de fauteuils bourgeois, de commodes anciennes, de rideaux, de tapis épais, que l'homme de lettres te loue car il doit s'éloigner pour quelques mois de Paris. Le loyer est élevé et tu t'affoles, mais Jacques trouve la solution et, suivant ses conseils, tu sous-loues la deuxième pièce à un peintre copiste, un dénommé Malik. Te voilà installé, et tu te retrouves au bon moment, à la bonne place, au mont Parnasse, là où vivent les sept Muses. Tu fais figure de précurseur dans ce quartier que Picasso va investir dès l'année suivante. Sous peu, c'est le Tout-Paris artistique qui suivra boulevard Montparnasse, et investira ses cafés polyglottes et délabrés, comme la Rotonde, ou chic, comme le Café du Dôme, bourrés de Russes querelleurs, d'Américains, d'Allemands et d'autres artistes et hommes de lettres venus de l'Europe de l'Est.

Ta bonne étoile t'a guidé à bon port. Maintenant que tu es ancré, tu peux voler dans les rues de Paris.

Tu déambules, ivre de beauté, tu « chagalles* » Chagall, te promènes à grands pas dans la ville. Les toits, les jardins, les affiches sur les murs, les commerçants du marché, les concierges, les paysans, les ouvriers dans leur salopette bleue enseignent à ton regard mieux qu'une académie ou un professeur, tout t'inspire. Autour de toi plane cette étonnante lumière-liberté que tu n'as jamais vue ailleurs. Tout manifeste la mesure, la clarté, et un sens précis de la forme. Tu es grisé par le raffinement de la vie à la française. Tu comprends vite en dévorant les passants du regard qu'à Paris l'élégance est une obligation et, toi qui en faisais si peu cas, tu vas t'acheter une chemise blanche et quelques nouveaux vêtements. Puis tu t'en retournes flâner sur les bords de Seine, admirer les

* Le terme « chagaller » a été employé par Raïssa Maritain, une amie de Chagall et de Maïakovski. En russe, il signifie étymologiquement « se promener à grands pas ».

berges. Dire que le fleuve est sorti de son lit cet hiver, causant des dommages considérables dont on a parlé jusqu'à Saint-Pétersbourg, et qu'il n'y paraît plus rien. Ce pays décidément t'épate ! Aux terrasses des cafés, des jeunes couples d'amoureux s'enlacent et s'embrassent sans être inquiétés. Dans la prude Russie tsariste, Bella et toi étiez obligés de ruser et de vous cacher pour vous retrouver.

Tu ne manges pas à ta faim, les plaisirs gastronomiques de Paris te sont encore interdits, et pourtant tout te paraît léger, enjoué, comme si la ville entière était montée sur une scène de théâtre. La présence du Louvre te rend si joyeux. Elle met fin à tes dernières hésitations quant à un éventuel retour en Russie. Tu fais plusieurs fois le tour des salles : la salle ronde des Véronèse, ce maître incontournable de la peinture du XVIe siècle, les salles des Rembrandt, Delacroix, Courbet, Manet, Millet, Chardin et tant d'autres. Les murs sont recouverts d'une abondance de tableaux qui grimpent en rangs serrés jusqu'aux plinthes. Enfin tu les vois de tes propres yeux, et ce cadeau est inestimable.

Il y a aussi les vitrines opulentes de la rue Laffitte, en plein dans la Nouvelle-Athènes, ce quartier où se succèdent les galeries des nouveaux empereurs que sont les marchands d'art enrichis par les succès de l'impressionnisme et du post-impressionnisme. Dans leurs luxueuses boutiques s'entassent les lourds cadres dorés dont ils ont paré les œuvres pour attirer leur clientèle. Chez Durand-Ruel, tu peux admirer des Renoir, Pissarro et Monet, par centaines. Chez Bernheim, plus loin, place de la Madeleine, tu vas voir les Van Gogh, Gauguin, Matisse. Là aussi, les vitrines sont éclairées comme pour une noce et invitent à la fête. Toutefois, tu préfères celles, sombres et poussiéreuses, du marchand d'art Ambroise Vollard, plus à l'avant-garde. Il se tient seul dans sa boutique, l'air maussade. Il a la réputation de ne pas être commode, alors tu n'oses pas franchir le seuil. Tu te presses contre la vitre, cherchant les Cézanne. Ô merveille ! Ils sont là, simplement posés sur le mur du fond, sans cadres, sans fioritures, dans le respect de la peinture.

Le soleil de l'art brille plus fort à Paris, et tu prends conscience qu'il n'y a pas de plus grande révolution de l'œil. Le cœur du monde moderne, ce nouveau monde auquel tu aspires, bat ici. Tu ressens pleinement le foisonnement et l'effervescence qui distinguent la vie artistique française de celle des autres pays.

Tu te sens moins russe, ton âme d'oriental te fait mal. Pourtant, ce n'est pas la disposition d'un peuple, c'est le sens d'une époque que tu captes, des forces organiques, psychologiques, cosmiques qui prédisposent cette partie du monde à une aventure picturale inédite. Comme si les dieux se tenaient devant toi.

Il n'y a plus qu'à prier, c'est-à-dire à travailler.

Enfermé dans ton appartement de Montparnasse, tu entames un nouveau cycle. Tu reprends tes premières toiles russes comme si ton village natal, le Vitebsk que tu portes en toi, se muait en Paris. Tu veux te confronter à l'altérité, briser la surface habituelle des choses. Tu commences avec la plus récente de tes toiles importantes : *Naissance*. On retrouve le motif de la mère à moitié dénudée et son nouveau-né rouge sang que tu avais peints à Vitebsk. Mais, entre hallucinations et couleurs explosives, l'instabilité domine l'ensemble, la chambre et ses personnages semblent sur le point de basculer, comme un décor de théâtre s'effondrant sur le public. L'inspiration est celle d'un enfant, primaire, archaïque.

Jacques Tugenhold, que tu as convié impasse du Maine à voir le tableau, en est bouleversé. En moins d'une année, tu as absorbé tout ce que Paris avait à t'offrir, sans te laisser déconcerter par ces Français qui transpirent l'intellectualisme froid et la logique de la pensée analytique. Malgré l'exil, ou grâce à lui, tu demeures un poète oriental, à la sensibilité excessive et mystique qui remet en question la rationalité de cet art occidental trop soumis à la forme.

Ton tableau enchante Tugenhold. Tu as osé peindre une simple naissance, un sujet dont aucun peintre à sa connaissance ne s'est emparé. Et tu l'as peint dans sa vérité, comme un cataclysme terrible, indissoluble de la vie et de la mort. Un miracle réservé aux femmes, et dont l'épreuve physique est terrifiante pour l'enfant et la mère.

III

La Chambre jaune

AU MOIS DE JUIN, les Ballets russes de Diaghilev font courir le Tout-Paris au théâtre du Châtelet. Nijinski, danseur sensuel et indécent, est la vedette à égalité avec les costumes baroques et les décors crées par Léon Bakst, ton ancien maître. À propos de ce dernier, les critiques sont dithyrambiques, on parle d'un immense coloriste, d'un graphiste hors-pair, d'un artiste d'une incroyable originalité. Les grands couturiers Paul Poiret ou Jeanne Paquin en sont fous. Tu n'es pas encore allé le voir. À vrai dire, tu n'as vu quasiment personne, enfermé dans l'atelier de la petite impasse de l'avenue du Maine, tu pries, tu peins, tu pries. Comment peuvent-ils parler d'art à tout bout de champ quand il s'agit de décoration ou, pire, de mode ? Tu décides d'aller voir par toi-même.

À peine la porte des coulisses ouverte, tu aperçois Batsk en discussion avec Diaghilev, lequel se dérobe sitôt que tu arrives. Déjà à Saint-Pétersbourg, tu n'as jamais su comment traduire cette attitude bizarre du fondateur de la compagnie à ton égard. Mais au moment où tu franchis le seuil de la pièce et qu'il tourne les talons, pour la première fois tu comprends. L'espace d'un instant tu as perçu chez Diaghilev le trouble, l'attirance pour le jeune homme de vingt-trois ans à l'énergie intacte, aux yeux en amande, fendus d'azur. Ce que tu tenais pour un mépris de classe, pour l'arrogance de l'aristocrate russe blanc envers le pauvre Juif de Vitebsk, est en réalité un hommage à ta jeunesse et ta beauté. Tu souris, rassuré.

Du roux et du rose t'accueillent avec bienveillance. L'air entre les danseurs est sucré. Nijinski accourt, te secoue par les épaules, t'enlace, mais déjà Bakst l'appelle et, à gestes tendres, lui réarrange sa cravate. Allez, on ne traîne pas, c'est l'entrée en scène ! Bakst, enfin, se tourne vers toi, avec la brusquerie coutumière du maître s'adressant à l'élève qui n'a pas écouté : « Alors vous êtes venu quand même ? »

C'est vrai, il t'avait déconseillé d'aller à Paris, t'avertissant que tu avais toutes les chances d'y mourir de faim et que tu ne pourrais pas compter sur lui. Il t'avait cependant donné une chance en te proposant de l'accompagner en qualité d'assistant-décorateur, mais tu avais mis une telle mauvaise volonté à brosser les décors qu'il avait renoncé. Tu cherches les mots pour lui répondre, tu connais sa grande nervosité, c'est la tienne, celle de ceux qui sont le sel de la terre. Mais quoi ! Tu n'allais pas rester en Russie où à chaque pas on te fait sentir que tu n'es qu'un citoyen de deuxième zone. De toute façon, tu n'as pas le temps de t'expliquer, les premières notes du *Spectre de la rose* retentissent. Le spectacle commence. Lorsque tu t'éclipses pour rejoindre ton siège, Bakst murmure qu'il passera chez toi voir ce que tu fais.

Tu n'es pas surpris. Tu t'en doutais. Les Ballets russes ont selon toi le même défaut que les expositions de peinture encensées par le journal russe *Le Monde de l'art*. Et pour cause, ils ont le même fondateur : Diaghilev. Toute innovation artistique y est polie, lissée, pour parvenir à un ensemble consensuel, un style joli, piquant, efféminé. Ida Rubinstein, la princesse juive, tient le premier rôle féminin. Tous s'accordent à se pâmer devant « la puissance instinctive de son jeu », ce qui veut dire qu'elle n'a aucune technique de danseuse mais se meut avec grâce. De toute façon les dés sont pipés, tu le sais, puisque c'est elle qui finance les ballets.

Tu repars du théâtre déçu, toi qui aimes tant la scène, la danse surtout, tu es horripilé par leur talent dédié au superficiel et à la frivolité, par leur puissance due à l'argent. Par ce système qui porte aux nues les moins exigeants d'entre vous. Cela te donne envie de rugir, de souiller leurs parquets trop brillants.

L'été qui suit te trouve dans les rues de Paris, en flâneur inspiré, les mains dans les poches, le nez en l'air. La démarche sautillante, tu avances le ventre vide, affamé de beauté. À Paris, les mauvais cubistes, à la remorque de Picasso et de Braque, sont obsédés par leurs recherches techniques et esclaves de la géométrie. Prisonniers de leur logique qui réclame la déformation obligatoire de toute représentation d'objets, tu comprends qu'ils laissent la porte grande ouverte à ta fantaisie. En réponse, tes toiles deviennent fantasques, déconcertantes, incongrues.

C'est l'automne, et Bakst passe te voir comme promis. Vous ne vous êtes pas revus depuis la représentation du ballet russe. Se doute-t-il que tu n'as pas apprécié ? Quoi qu'il en soit, il se passe de ton avis, il est venu pour te donner le sien.

La chambre où tu travailles est tellement froide (tu fais des économies sur le chauffage) qu'il garde son manteau et son chapeau tandis que, en bras de chemise, tu cherches parmi tes toiles celles que tu vas lui présenter. Tu en choisis deux. *La Chambre jaune* où une vache se tient au milieu d'une pièce aux murs et au parquet jaunes, devant une table jaune très inclinée, sous le regard d'une femme la tête à l'envers. Et celle que tu appelles, de façon provisoire, *Intérieur II*, parce que tu ne sais pas comment nommer ce qui a jailli de ton pinceau. À dominante rouge, elle montre une jeune femme se jetant sur la bouche d'un homme barbu assis, entraînant dans son mouvement une vache et une lampe posée sur une table. Ces peintures sont ta profession de foi et tu en es fier. À rebours de tout réalisme ou naturalisme, tu y affirmes la supériorité des rêves, le miracle de l'autre dimension, l'au-delà du visible immédiat.

« Maintenant, vos couleurs chantent ! » s'exclame Bakst en se penchant sur les toiles, et le regard admiratif qu'il te jette en dit long. Même si tu ne lui as jamais vraiment reconnu le statut de maître, sa réaction t'encourage, tu as eu raison de venir à Paris.

Porté par son enthousiasme, plein de confiance en toi, tu vas porter tes œuvres aux organisateurs du Salon d'automne de Paris. Ils ont accepté deux tableaux de Gleizes, un de Léger, un de Metzinger, des cubistes, et aussi une huile de ton compatriote Léopold Survage. Tu penses avoir tes chances. Hélas, toutes tes peintures sont refusées. Tes couleurs fauves, ton style baroque les déroutent. Tes toiles violentes et sensuelles n'entrent dans aucune case, et les quelques éléments de cubisme intégrés à ton langage pictural n'auront pas suffi. Paris refuse encore de t'ouvrir ses portes.

À Saint-Pétersbourg, tes compatriotes du *Monde de l'art* préparent une grande exposition. Bakst te conseille d'écrire de sa part à Benois, le président du jury. Tu envoies une lettre maladroite, trahi par ton sentiment d'infériorité quand tu t'adresses aux membres bien nés de l'intelligentsia russe et blanche. Tes toiles

« trop occidentales » n'y sont pas retenues non plus. Tu te sens rejeté, incompris dans tes deux pays. Et s'ils avaient raison ? Le noir du désespoir n'est pas loin.

Tous les mois, tu vas retirer au Crédit lyonnais la somme que t'alloue ton mécène Vinaver. Chaque fois, le caissier te demande si tu préfères de l'or ou des billets. Et chaque fois, tu lui réponds de l'or, parce que tu aimes sentir les pièces glisser entre tes doigts, rouler contre ta cuisse dans la poche profonde de ton pantalon. Cela te rassure. Mais aujourd'hui, elles ont la lourdeur de ta dette, elles sont le poids de ta honte. Tu as peur de décevoir ton mécène, c'est sûr, il a misé sur le mauvais cheval, il perd son temps et surtout son argent. Accablé, tu prends les devants et lui écris une lettre pétrie d'amour filial où tu lui confesses tes échecs.

Maxime Vinaver a dû te sentir tellement découragé qu'il a pris le Nord Express pour Paris sans hésiter. Il apporte avec lui un merveilleux cadeau, un phonographe et un disque de Mozart, car il a deviné combien la musique te manquait. Cet homme, une sorte de père idéal, se tient en chair et en os devant toi, il est venu à Paris pour toi, voir par lui-même l'avancée de ton « génie » (il n'emploie jamais d'autre mot à ton propos). Tu n'en reviens pas de ta chance.

Dès le soir de son arrivée, il t'invite à dîner. Épaté par ton travail, il veut fêter ça. Il te fait parler, t'écoute, te console, te donne des nouvelles du pays, et surtout t'encourage. Quelques jours plus tard, il repart. Il t'a galvanisé. Tu voudrais ne jamais l'oublier.

Au même moment, un autre t'apporte son soutien et la reconnaissance dont tu as si cruellement besoin : le critique d'art italien Ricciotto Canudo. Il ne tarit pas d'éloges à ton égard et te fait une lettre de recommandation à l'attention d'un grand collectionneur de sa connaissance.

Pour l'occasion, tu mets ta plus belle chemise, un nœud papillon, et prends tes toiles sous le bras. À l'adresse indiquée, tu pousses la lourde porte cochère d'un très bel hôtel particulier en haut du boulevard Saint-Germain et traverses une cour aux pavés irréguliers sans croiser personne. Tu t'apprêtes à monter les larges marches d'un majestueux escalier en marbre blanc, surplombé d'un admirable tableau de Bonnard, quand un valet surgit. Avec courtoisie, il te débarrasse de tes toiles et te désigne une chaise où patienter. Hélas, après un quart d'heure d'attente, le même domestique revient avec ton carton intact sous le bras. Tu n'as vendu aucune toile.

Canudo ne te laisse pas tomber pour autant. Passionné par ce qu'il sera le premier à nommer le « septième art », il te recommande à un de ses amis metteur en scène de cinéma, Abel Gance. Te voilà sur un plateau à jouer ton propre rôle, celui d'un rapin, un de ces jeunes peintres qui gravitent autour du maître dans les ateliers. La bonne surprise est que tu tournes d'abord une scène de déjeuner en bord de Marne, et vous la refaites tellement de fois qu'il te semble avoir mangé pour la semaine. Malheureusement, pour la scène suivante, tu dois faire un tour en barque avec ta cavalière, une jeune fille assez ennuyeuse, que tu éclabousses entièrement parce que tu ne sais pas ramer. Le fou rire te prend tandis que le metteur en scène te hurle dessus, que la jeune fille se met à pleurer et que ton canot dérive à l'opposé de la caméra. Ta carrière d'acteur s'arrêtera là.

Cette fois, tu n'as plus le choix, tu es dans l'obligation de déménager et de trouver un atelier en rapport avec tes moyens. Un frisson court le long de ton échine. Dieu t'a-t-il abandonné ?

IV

À la Russie, aux ânes et aux autres...

PAR LE PLUS GRAND DES HASARDS, ou plutôt par la grâce du Très-Haut, tu déniches un atelier plus grand et moins cher dans un phalanstère d'artistes, près de la rue de Vaugirard. Tu occupes un des douze ateliers de la rotonde, là où se retrouvent les plus pauvres. Chaque atelier a la forme d'un trapèze s'élargissant vers l'extérieur. Une unique et large fenêtre ouvre sur le ciel, c'est poétique. Au-dessus de la porte, une soupente avec un lit, l'espace principal étant dévolu au travail. Le mobilier se réduit à une table ronde, un réchaud à gaz sur une planche, un poêle Godin et un sac de charbon. Tu n'as rien, mais par la seule magie de ce lieu, la Ruche, tu as tout. L'endroit est crasseux, pue l'humidité et les ordures. L'eau goutte du plafond. Pourtant, dans chacune de ces chambres exiguës, en ces confins désolés de la ville, il y a un peintre, un sculpteur, un acteur, venus du monde entier, dont certains passeront à la célébrité. Il y a des fous aussi, comme ce Polonais habillé en cow-boy qui passe ses nuits sur le toit de la rotonde à crier « Moi génie, moi génie! », et des personnages douteux, des « bourdons » comme les appelle le maître des lieux, Alfred Boucher. Beaucoup des occupants sont tes compatriotes, des Juifs de la grande Russie, vous êtes les plus nombreux ici parmi ceux venus de l'Europe de l'Est. Certains, comme le sculpteur Ossip Zadkine, ont fréquenté les mêmes académies d'art que toi. Mais vos affinités s'arrêtent là. Il est né avec une cuillère en or dans la bouche, tu lui reproches son arrogance. Ce n'est pas de l'envie de ta part ni de l'amertume, simplement un désir d'humanité, tu aimes les généreux. Toi, tu ne possèdes même pas un chevalet, et c'est tant mieux. Les dimensions de ce nouvel atelier, la hauteur de plafond te permettent de t'attaquer enfin aux véritables grands formats, en peignant sur des draps tendus à même les murs.

Tu travailles comme un fou, dors le jour et peins la nuit, dans la proximité sinistre des abattoirs de la rue de Vaugirard. Tu as retrouvé les vaches, tes totems. Ici, comme chez ton grand-père boucher, on les tue. D'ailleurs on ne fait que ça, les tuer. Or, pour toi, la vache est sacrée. C'est une figure maternelle, nourricière, consolatrice et protectrice. Les entendre beugler dans la nuit t'arrache le cœur, tu as l'impression que l'écho des pogroms te poursuit. Alors tu les peins comme un sorcier les ressusciterait. Elles hantent tes toiles.

Si tu vis à part de la communauté, tu ne vis pas en reclus pour autant. Chaque jour, tu vas puiser ta dose d'inspiration dans les rues de la ville, admirer la tour Eiffel, te promener au jardin du Luxembourg, sur le parvis de Notre-Dame, tu te fonds parmi les Parisiens. Et chaque nuit, tu travailles dans la fièvre, seul dans ton atelier devant ta lampe à pétrole, pendant que les autres font l'amour ou la fête. Ta lampe brûle, et toi avec elle. Parfois, tes camarades jettent des chaussures contre ta fenêtre éclairée pour se moquer de toi. Imperturbable, tu peins comme tu respires jusqu'à ce que la nuit le cède au jour. Travailler pour toi n'est pas un labeur, c'est un sacrifice au sens étymologique : ce qui rend ton art sacré.

L'heure n'est plus au découragement, tu veux être prêt pour l'exposition publique annuelle présentée pour le Salon des indépendants, qui se tiendra au printemps. Tu peins sur des draps, des tissus achetés au poids au Bon Marché. Ainsi naissent *À la Russie, aux ânes et aux autres*, où une laitière, telle une messagère céleste, arrive des hauteurs pour traire une vache d'un rose éclatant, et *Dédié à ma fiancée*, à dominante rouge, ton tableau le plus intense, le plus érotique, où une femme à la tête tordue, flottante, crache dans la gueule d'un taureau qu'elle étreint tandis que, dans la folie du moment, une lampe à pétrole se fracasse.

C'est ton nouvel ami Blaise Cendrars qui trouve ces deux titres, comme bien d'autres d'ailleurs. Face à *Dédié à ma fiancée*, il a tout de suite vu une évocation de la tragédie qui l'a changé à jamais. Il a perdu son premier amour dans l'incendie de sa chambre causé par une lampe à pétrole. Votre amitié est foudroyante, riche et ensoleillée. Tu aimes son esprit ardent, plus sensible qu'aucun autre à ta peinture, à ton ivresse créatrice. Ses poèmes font miroir à tes tableaux. Il est toujours juste. Le français est sa langue maternelle, bien qu'avec toi il parle couramment le russe, ce qui te réchauffe l'âme et rend vos conversations passionnantes. Cendrars est le seul autorisé à débarquer de nuit dans ton atelier. Parfois, quand vient l'heure du déjeuner, il t'emmène au café Le Dantzig, un coup c'est lui qui invite, un coup toi. Quand vous n'allez pas au bistrot, vous puisez dans tes réserves. Chaque semaine, un petit vieux passe, tirant sa carriole depuis la rue des Rosiers. Il vient ravitailler les artistes, majoritairement ashkénazes, en cornichons, saucisses au raifort, harengs, concombres au sel, pain au cumin et vodka. Le pauvre a un si grand cœur qu'il ne vous fait jamais payer et pratique le crédit à long terme. Paix à son âme, il est mort ruiné! Cendrars ne regarde pas tes tableaux, il les avale, retourne les toiles dans tous les sens, des toiles, souvent, que tu n'as encore osé montrer à personne. L'amitié de Cendrars, les poèmes qu'il te dédie, son soutien en plein cubisme, sont une chance et un soulagement.

Au Salon des indépendants, tu décides d'amener toi-même tes œuvres, bravant ta timidité. Maladroit, tu conduis ton petit chariot à travers les baraques en bois installées place de l'Alma. As-tu seulement conscience de la puissance de ton style flamboyant et novateur ? *Dédié à ma fiancée* paraît si obscène au censeur de l'exposition qu'il veut la retirer des cimaises une heure avant le vernissage. Heureusement, tu sais être conciliant et, avec habileté, tu corriges ton tableau d'une touche d'or. Le soir même, c'est devant celui-ci que le grand critique d'art Guillaume Apollinaire s'extasie : tu es sauvé. Tes toiles ont un impact considérable sur les visiteurs. On se bouscule salle 15 pour voir accrochées ces peintures hallucinées. Pour toi, elles sont le prolongement de ton folklore, et pourtant elles t'éloignent de tous tes compatriotes restés au pays. Elles t'éloignent de Vitebsk, elles t'éloignent de Bella. Tu es devenu étranger à ta propre patrie. Tu n'es ni russe, ni juif, ni français, tu es russe et juif et français. Tu es pluriel, Chagall, et c'est là ta force.

Tu viens de vivre une expérience artistique troublante et, tout au long de cette année cruciale, Bella a attendu en vain, dans le froid d'une grande ville de votre pays natal, des lettres de toi qui n'arriveront pas, ou si peu. Est-ce la faute de Féla Poznanska, la ravissante et peu farouche Juive de Lodz que Cendrars a voulu mettre dans ton lit, et qui vient poser nue pour toi ? Ou bien celle de la femme de ménage si avenante qui passe maintenant tous les matins à l'heure des croissants chauds ranger ton atelier ? La vie, ici, s'est ouverte à toi comme les cordes d'un violon, par le centre, et de cette lumière-liberté ont pu jaillir les motifs enfermés au fond obscur de ta nature. Un minotaure sommeille en chaque peintre. Tu t'es repu de leur chair, tu as humé leur peau. Leurs mains savantes et douces, leur croupe généreuse, leurs seins durcis et pleins, la lave chaude entre leurs cuisses, ont réveillé la bête en toi. Mais le savent-elles, ces femmes qui te prêtent leur corps ? Ta seule maîtresse est la peinture, et tu n'aimes qu'un amour, Bella.

V

Autoportrait aux sept doigts

IL T'A INVITÉ À DÉJEUNER CHEZ BATY, l'un des restaurants les plus en vue de Montparnasse. Lui, l'inspirateur et le chantre du cubisme. Tu n'oses pas l'emmener dans ton atelier pour lui montrer d'autres toiles, et surtout l'autoportrait que tu viens d'achever. Pourtant, depuis le salon où il t'a découvert, Apollinaire se fait un devoir de rendre compte de ta peinture. Ses formules sont toujours les mêmes, il qualifie ton travail de visionnaire et fantaisiste, admire que tu ne t'embarrasses d'aucun système, te qualifie de grand coloriste plein d'imagination. Tu le préviens que tu cherches autre chose. « Ah oui, quoi ? » La viande claque entre ses dents, son appétit est gargantuesque, les verres de vin s'enchaînent. Comment définir ce que tu ressens au plus profond de toi ?

Le grand critique d'art et poète ne s'est encore jamais rendu à la Ruche. Mais c'est un endroit dont on parle de plus en plus, et qui attire même des écrivains. Aujourd'hui, Apollinaire compte bien s'y rendre.

Vous traversez le sombre corridor où des monceaux d'ordures sont entassés. Un palier rond dessert des portes numérotées. Sur la tienne, tu as dessiné une fleur peinte en rouge. L'odeur sur le palier est écrasante, Apollinaire se pince le nez, tu lui ouvres, et il entre avec prudence, comme s'il craignait que tout le bâtiment s'effondre sur lui, l'entraînant dans ses ruines.

Tandis qu'il examine tes toiles avec la délicatesse d'un faune dévêtant une jeune vierge, tu développes ta conception de l'art, les mots viennent, fluides, sans hésitation, jusqu'à... Tu te tais, tu retiens ton souffle. Apollinaire se tient devant l'*Autoportrait aux sept doigts*, un grand format qui te représente à ton chevalet, dans la fougue de ta jeunesse. L'intuition de ton extraordinaire destin de peintre fait vibrer ta palette, le trait de ton dessin. Dans un coin du tableau il y a une rue, avec sa synagogue, ses maisons de bois aux toits pointus. Sous tes sept doigts il y a ton prochain tableau en train de se faire, *À la Russie, aux ânes et aux autres*. Tu offres à voir ce qui irriguera ton œuvre : la nostalgie de ton enfance dans le *shtetl*. Voilà qui tu es, comprenne qui pourra, et tant pis pour ceux qui se contentent des apparences !

Un silence de cathédrale emplit l'atelier. N'y tenant plus, tu lui expliques le choix du titre : en yiddish, faire quelque chose avec sept doigts signifie l'accomplir de son mieux, avec la meilleure volonté.

Apollinaire, qui n'a toujours pas dit un mot, recule, et s'assoit. Puis, il souffle dans ses joues : « Surnaturel. Tu iras loin, Chagall. Ta peinture bouleverse... Tu n'obéis à aucun courant et tu les embrasses tous ! »

Après quoi, il s'affaisse sur la chaise, desserre son nœud papillon et, d'un revers de la main, essuie son front en nage en faisant tomber son chapeau. Sa voix descend d'un octave : « Crois-tu que je pourrais me cacher quelque temps dans ton atelier ? Marie Laurencin m'a mis à la porte... C'est une histoire abracadabrante. Vois-tu, on me soupçonne du vol de la *Joconde*, moi ! Tout ça à cause de mon secrétaire véreux à qui j'avais acheté quelques statuettes en toute innocence. Je ne pouvais pas imaginer qu'il les avait volées au Louvre. Au Louvre ! »

Tu le regardes, très inquiet. La gorge nouée, tu bégaies. Ton accent prend le dessus, tu invoques ton statut d'étranger et les ennuis que cela pourrait te causer… tu es réfugié ici, en exil, à peine toléré ! Tu te tords les mains dans tous les sens, tu t'en veux de ton impuissance. Apollinaire le sait, il n'aurait jamais dû te demander cela.

« Bien sûr. Je te prie de m'excuser. Je me retrouve dans de beaux draps. Et Picasso aussi !

– Pi-Picasso aussi… Soupçonné ? Mais co-comment est-ce possible ? »

Cette annonce te saisit d'effroi. Désespéré, tu embrasses ton atelier d'un regard d'adieu, ton premier grand atelier, toute cette surface dont tu jouis pour la première fois, et c'est comme si dans l'instant on allait te le retirer.

« Il a acheté des statuettes africaines au même revendeur. Ah, si on avait su ! Mais rassure-toi, tu ne risques rien. Je n'aurais pas dû t'en parler. Je vais régler ça. Ils risquent de me mettre en prison, et ça, c'est plutôt fâcheux… »

Il se lève, essoufflé, remet son chapeau, et sort sur un clin d'œil. Toi, tu n'en mènes pas large. Comment as-tu pu refuser ton aide à Apollinaire ?

Le lendemain, tu reçois une lettre et un poème de lui, dédicacé à ton nom, « Rostage ». Le « Zeus doux », comme tu l'appelles, loin de t'en vouloir, t'ouvre enfin les portes de son Olympe, son carnet d'adresses.

Les choses se passent très vite dans ce petit milieu. Du jour au lendemain, tu te surprends à évoluer à ton aise au milieu de l'avant-garde parisienne. Tu bénéficies du soutien d'un groupe d'artistes, d'écrivains et de critiques respectés, les mêmes qui useront de tous leurs réseaux pour faire sortir Apollinaire de prison et démontrer son innocence. Au Salon d'automne, tes toiles sont bien exposées. Cela te donne confiance et un grisant sentiment d'appartenance. Pourtant, ton univers pictural détonne parmi les cubistes aux couleurs grises et aux formes bien sages. Comme si, à côté des tableaux d'adultes, d'un Le Fauconnier ou d'un Delaunay, on avait accroché par erreur le travail d'un enfant, un travail authentique et frais, barbare et fantastique, écrivent les critiques. Auprès d'eux tu passes pour un personnage exotique, haut en couleurs, typiquement russe. Ils te prennent pour un capricieux déchaîné, en réalité tu es un possédé qui s'exprime. Ils ne le savent pas encore. En France, malgré l'estime dont tu jouis auprès d'un petit cercle, cela reste hasardeux pour un collectionneur d'acheter une de tes toiles.

Tu n'en vends aucune.

Dans quelques mois, au cours de l'hiver, aura lieu à Saint-Pétersbourg la prochaine exposition du *Monde de l'art*. Tu choisis de soumettre quelques-unes de tes toiles à l'approbation du jury, en te fendant d'une petite lettre. Cependant, cette fois encore, ta candidature est rejetée.

Tu vois approcher l'été 1913, soit deux ans révolus depuis ton installation à Paris, sans avoir vendu encore aucun tableau d'importance ni en France ni en Russie. Connaîtras-tu un jour le succès ?

À des milliers de kilomètres, cette même question taraude la jeune femme aux boucles noires, aux yeux de braise, qui attend avec impatience tes toiles expédiées de Paris. De ton succès, votre amour dépend. Bien sûr, il s'agit de convaincre ses parents, mais la vraie question de son tourment est de savoir comment tu pourrais vivre autrement. La peinture est ton absolu comme tu es le sien. Peu importe qu'elle ne t'ait pas vu depuis deux ans, que tu répondes peu ou mal à ses lettres, elle est ta destinée, elle n'en doute pas. Elle ne connaît rien encore de ton travail récent, elle a juste eu écho de l'aura dont tu jouis auprès de certains critiques à Paris.

En janvier, au lendemain d'un réveillon triste et gris, Bella affronte la neige pour se rendre à Saint-Pétersbourg : elle veut aller voir par elle-même tes dernières toiles lors de l'exposition du *Monde de l'art*.

Sur place, loin de se laisser dominer par la déception quand elle constate que tes peintures ne sont pas accrochées, elle exige du commissaire qu'il lui montre les tableaux refusés. Impétueuse Bella, elle ne sait pas ce qui l'attend. Face à la puissance de tes grands formats, elle recule d'effroi. Magie, sorcellerie de la peinture ! Devant l'*Autoportrait aux sept doigts*, elle est déchirée, elle souffre, elle se sent dépossédée, reniée. Qui est ce jeune inconnu prétentieux qui se prend pour Dieu ? Qu'est devenu le jeune amoureux transi, né du mauvais côté du fleuve ? La sensualité, l'incongruité du tableau *Dédié à ma fiancée* lui fait fermer les yeux, elle se sent outragée. Comment oses-tu ? Une femme et un taureau ! Une femme si ouvertement charnelle ! Elle peut désormais mesurer le fossé qui vous sépare et combien se sont relâchées tes mœurs, ainsi que les liens qui te rattachent à la Russie. Elle vacille, le doute l'étreint. Non seulement elle comprend les critiques des organisateurs, mais elle les rejoint. Puisqu'elle t'a bel et bien perdu, elle t'écrira ce qu'elle pense sans détour.

Il lui en faudra, du temps, des années, des dizaines et des dizaines d'années pour comprendre ou plutôt ressentir ce tableau de ta jeunesse.

Il faudra qu'une autre Bella apparaisse dans l'histoire. Pour écrire ce qui n'a encore jamais été dit.

7 janvier 2014

Bien des années plus tard, en effet, une force devait guider mes pas jusqu'à une exposition de peinture au centre Pompidou. Je venais de me faire opérer des yeux et j'avais l'impression d'une renaissance, de voir pour la première fois. Nous étions le septième jour de l'année 2014, soit, pour une férue de numérologie comme moi, en année 7. J'aurais dû me méfier. Chagall accordait une attention toute superstitieuse à la place du chiffre 7 dans son destin. Il est né le 07/07/1887. Il n'est pas de hasard, il est des rendez-vous.

Il y a peu de monde, je tends mon carton d'invitation et franchis le seuil de l'exposition.

Sur un mur blanc, un texte à l'encre noire explique ce que désigne l'École de Paris : ces artistes indépendants, français ou étrangers, qui, des années 1904 à 1929, ont fait de la capitale française un des centres de la modernité et de l'avant-garde artistique.

Dans les allées, parmi les tableaux de Modigliani, Soutine ou Picasso, je foule un territoire connu. Mon regard glisse d'une toile à l'autre, je m'échappe au gré des formes et des couleurs, j'avance à mon rythme, et c'est comme si je tournais les pages d'un roman que j'avais plaisir à relire. Dans une petite pièce à l'écart, je m'assois devant un film en noir et blanc de Foujita, et j'ai la sensation curieuse d'être l'un des personnages, dissimulé dans la foule projetée sur le mur. Je me sens chez moi dans ce Paris triomphant, de la Belle Époque aux Années folles, épicentre d'un monde artistique audacieux.

Soudain, je suis face à lui : Chagall.

L'*Autoportrait aux sept doigts* le représente dans la fougue de ses vingt ans, émerveillé d'être ici, au pays de la tour Eiffel, baigné par la lumière jaune, la lumière-liberté, et encore imprégné par la nostalgie de son enfance. Il s'est mis tout entier dans ce portrait qui le montre, heureux, dans la pleine puissance de ses moyens, assistant à la révolution artistique à Paris, mais revenu en pensée dans sa patrie.

Personne ne peut comprendre le choc que je ressens. Ce n'est pas juste ses yeux en amande, son regard de sorcier, ses boucles enfantines, son beau nez. C'est un sentiment immédiat d'intimité. Il m'offre à voir son être intérieur. Il s'ouvre à moi et m'invite à prendre place dans son univers. Artiste de génie, il a peint son aura, les vibrations colorées de son âme ; son énergie lumineuse m'éblouit, je communie avec lui.

Ces impressions me traversent comme la foudre, aussi intenses que fugaces. Captivée par cette connivence étrange, je me tiens sans bouger à quelques mètres de la toile, littéralement absorbée. Il y a foule désormais dans la salle, et les gens me bousculent.

Je m'écarte du groupe venu se masser devant le tableau, et là... oui, je croise un regard clair qui me transperce. Un homme me fixe sur une photo en noir et blanc. C'est lui, Marc Chagall. Sur un autre cliché, assis au premier plan, vêtu d'un pantalon de velours à grosses rayures, d'une veste longue et souple, d'une chemise blanche et d'une cravate, il se tient les bras croisés sous la poitrine. Auréolé de ses premiers succès et de sa notoriété grandissante, il semble me dévisager calmement. Une femme, un peu en retrait, est à ses côtés, très droite, dans une longue robe noire, une rose blanche entre ses doigts. Je m'approche, elle me défie du regard, je m'approche et... je suis sidérée. Ses traits fins et racés me rappellent ceux de ma grand-mère paternelle : des pommettes hautes qui accrochent la lumière, un nez un peu trop long, des sourcils épais et bien arqués bordés d'une courte frange brune. Sous son casque de boucles, ses yeux allongés et noirs, ourlés de longs cils, font d'elle une sœur aînée lointaine. Je reconnais aussi la bouche sensuelle et arrondie de ma grand-mère sur les photos d'elle jeune fille. J'appartiens à cette lignée de femmes brunes aux rêves altiers et à la mélancolie fiévreuse. Nous sommes de la même famille judéo-russe, bien que je sois née française. Ma gorge se serre, j'ai les mains moites, mon pouls s'accélère. Serais-je en train de renouer les fils d'une histoire interrompue ?

VI

Hommage à Apollinaire

En relisant la lettre enfiévrée que Bella t'a envoyée cet hiver, tu fonds devant tant de preuves d'amour et sa peur de te perdre. Cette jeune fille de bonne famille, si sage en apparence, n'a pas hésité à braver seule tous les interdits pour aller voir tes tableaux à Saint-Pétersbourg. Et non seulement elle les a vus, mais ils l'ont effrayée, sinon offensée. Elle se débat dans ses émotions contradictoires quand tu luttes pour survivre misérablement. Toi qui te sens minable à côté de peintres ou d'écrivains au succès enviable, une femme à l'autre bout du monde te reproche ton excessive assurance. Tu es son unique génie, et elle veut rester ta muse, ta muse exigeante. Tant pis si elle ne peut pas tout comprendre, tu fais confiance à celle qui t'aime et te chérit plus que tout. En prenant en considération quelques-unes de ses critiques, dans un geste résolument moderne, tu as choisi la nappe damassée qu'elle t'avait offerte le jour de ton départ pour y peindre *Le Violoniste*. Avec son visage vert et son pied énorme qui bat la mesure sur le toit d'une maison de Vitebsk, c'est tout le bonheur et la nostalgie qu'éveille en toi le village de ton enfance qui semblent danser sous tes yeux.

Tu viens à peine de le finir. Sur la nappe clouée au mur de ton atelier, les dernières retouches sèchent. Ton regard s'envole par la fenêtre, le cerisier bourgeonne, ses délicates fleurs roses offrent leurs pétales légers aux premiers rayons du soleil, elles t'annoncent le printemps, et te rappellent, et c'est cruel, le temps qui avance bien plus vite que ne s'améliore ta situation. Tu t'es fait prisonnier volontaire dans ton atelier au deuxième étage de la Ruche, entre ciel et sol. Plus rien n'existe du monde au dehors, tu l'as laissé à ta porte. Et dans la cohorte de ceux que tu as oubliés, il y a Bella, ta fiancée, à qui tu n'as donné que rarement de tes nouvelles en dépit de sa fidélité.

Dans sa toute dernière lettre, elle te demande quel est cet obstacle « lourd et immobile comme un arbre » qui s'est mis en travers de votre chemin. Elle devine ta colère. Est-elle en cause? Elle s'inquiète. Mais comment lui avouer? Ton orgueil te bâillonne. Cette lettre non plus, tu n'y répondras pas. Tu n'en as pas le courage. Depuis que tu es à Paris, tu ne vis pas encore de ton métier. Jamais tu n'obtiendras la main de Bella, les poches vides. Il n'y a que le chant des oiseaux, le souffle frais du vent, la lumière incomparable de ces jours, qui franchissent ta fenêtre. Ainsi, dans ta solitude extrême, tu plonges au plus profond de toi-même afin de remonter les trésors d'une mémoire intime et collective.

Tu as repris ton étude sur Adam et Ève. « L'homme s'attache à sa femme et ils deviendront une seule chair… l'homme est d'abord mâle et femelle. » Ces mots scandés durant l'étude, ces prières imprégnées en toi, tu leur as donné vie sur la toile. À l'origine, ton dessin, sur fond bleu et fleuri, présente le couple de la création en harmonie, avec des formes rondes et sensuelles. Là, pour cette réinterprétation, tu t'inspires des procédés cubistes pour te les approprier et les renouveler entièrement. Tu découpes le fond de ta toile en motifs symétriques, en cercles et en polygones, places le couple primordial au centre d'une roue, abandonnes ton bleu pour le rouge, adoucis ton jaune, remplaces les fleurs par des traits, des motifs cabalistiques, joues avec les symboles et les chiffres, transformes l'homme, au tronc dédoublé, en une aiguille géante. Cette immense toile, tu la baptises simplement *Hommage à Apollinaire* et tu la dédicaces à tes quatre amis et bienfaiteurs : Apollinaire, Cendrars, Canudo et Walden (qui va bientôt t'emmener loin, tu ne le sais pas encore).

Tu peins, tu pries, tu peins, à moitié nu, dans un corps à corps avec tes toiles, et au petit matin, comme Soutine, tu jettes par la fenêtre celles que tu juges ratées. Soutine, ton compatriote à l'haleine si forte, ton double inversé, s'est pris d'amitié pour le « prince Modi ». Tu les fuis, ces anges malades et maléfiques, autant pour leur talent que pour leurs pratiques toxiques. Quand tu mets en garde Cendrars, il s'en amuse.

Sa dernière visite te trouble.

« Marc ! J'ai une merveilleuse nouvelle ! Féla, ma "fiancée du froid", est de retour ! Viens avec moi, sors de ton atelier pour une fois, on va fêter nos retrouvailles chez les Delaunay ! »

Cendrars se tient devant toi, exalté. Face à son enthousiasme, tu te forces à donner le change, le poison de l'envie au bord des lèvres. Tu pourrais pleurer. De rage, de déception contre toi-même, de frustration. Ton sourire amer n'a pas échappé à ton ami. Il te donne une grande tape dans le dos.

« Coquin ! Elle te plaisait tant que ça ? Je te la prêterai, va ! On pourra toujours s'arranger. »

Il raisonne en Français, en galant, en séducteur pour qui l'amour est un jeu, une « bagatelle ». Il ne comprend pas que, pour toi, « coucher », comme ils disent, ne te suffit plus.

À l'été, Féla tombe enceinte et toi dans une sombre mélancolie. À l'automne, c'est ton amie et compatriote Sonia Delaunay qui donne naissance à un garçon. Tu réalises pour l'occasion une gouache aux jaunes et rouges éclatants, semblable à une icône, figurant une femme enceinte, un enfant bien visible dans son ventre transparent, posant devant un village russe typique, et tu l'intitules sobrement *La Femme enceinte*.

Dans les mêmes semaines, une autre madone byzantine jaillit sous tes pinceaux, le thème de la maternité te hante et témoigne de sentiments que tu brides : ton désir de famille, ton amour de la Russie. Mais tu refuses de l'admettre, perdu que tu es dans les remous slaves de ton âme.

7 février 2014

J'AVAIS VOULU REVOIR LE TABLEAU à l'origine de mon trouble, essayer de comprendre ce qui m'arrivait. Par chance, le musée qui abritait l'*Autoportrait aux sept doigts* ne me demandait pas de traverser l'Atlantique, juste de prendre un billet de train pour Amsterdam.

Tandis que je roule à vélo le long des canaux noyés dans un brouillard humide et froid, je n'ai peur de rien, confiante en la voix intérieure qui me guide. Les maisons en brique qui jalonnent mon chemin, avec leurs cheminées fumantes, leurs toits massifs, plats et pointus en leur centre, couverts de neige par endroits, semblent habitées, pourtant on croirait une ville fantôme, les rues sont désertes. Au fur et à mesure que j'approche du musée Stedelijk, les affiches signalant l'exposition se multiplient, illustrées par l'*Autoportrait aux sept doigts*. J'y vois comme un signe : je suis au bon endroit, et je ne suis pas seule.

Arrivée à l'étage, je traverse deux salles au pas de course, boude Picasso et Matisse. Un fil transparent me tire en avant, je me dirige vers la seule salle qui m'intéresse et dont le parquet lustré réfléchit la lumière sur les toiles. Je longe un pan de mur blanc où sont accrochés *Le Violoniste* et *La Femme enceinte*, et me voilà devant l'*Autoportrait aux sept doigts*. Face à lui, je ressens de nouveau cet élan puissant qui ouvre mon plexus solaire, me connecte à ce flux de couleurs joyeuses qui jaillissent de la toile. Je me penche pour lire en anglais une phrase signée du nom de Chagall à côté du cadre en bas à droite : « C'était comme si je découvrais la lumière, la couleur, la liberté, le soleil et la joie de vivre pour la première fois. »

Je me retourne, et *Le Violoniste*, avec sa face toute verte couleur absinthe, sa silhouette imposante, me surprend. J'ai envie de le rejoindre sur le toit, de braver le froid, la neige, de danser sur sa musique, je voudrais le serrer dans mes bras, lui dire combien je suis émue. J'ai l'impression de retrouver un frère, un ami. Son violon joue un air familier, je fredonne avec lui, les notes s'élèvent d'elles-mêmes dans cette scène poétique vibrante. Je partage son bonheur. Je peux le ressentir avec tous mes sens.

Il n'y a que deux ou trois visiteurs dans la salle avec moi. Je voudrais prendre par le bras le petit monsieur à lunettes qui vient de me frôler pour le faire revenir sur ses pas. Vous rendez-vous compte de notre chance ? Ce sont les trois premiers grands formats que Chagall a vendus lorsque le Salon des indépendants de 1914 s'est déplacé de Paris à Amsterdam. Quand il les a créés à la Ruche, il n'imaginait pas qu'un grand collectionneur hollandais les lui achèterait, et encore moins que, un siècle plus tard, ils orneraient les murs du musée d'art moderne de la ville.

La magie d'une œuvre d'art, c'est qu'elle agit sur nous comme la lumière venue des étoiles, elle nous éclaire encore bien des années après que l'astre est mort.

Depuis que Chagall est entré dans ma vie, je me sens moins seule et riche d'une passion que je cache au plus profond de moi comme un précieux butin.

Ses premières années à Paris, sans Bella, je les ai explorées. J'ai lu des biographies, et surtout son autobiographie, je continue d'aller régulièrement au musée, et la nuit je visite des expositions virtuelles de ses toiles sur YouTube. Je ne retrouve pas l'émotion que procure la proximité physique de ses tableaux, cette énergie qui se dégage de la surface sensible et sensuelle de la peinture. Mais à force d'écouter les commentaires d'experts, j'apprends. Ils parlent de « la main » de l'artiste, de son style, de son toucher de pinceau, de sa palette, de son génie des couleurs, ils m'aident à décoder ses symboles. Quand vient l'heure de dormir, je me retrouve à la Ruche, assiste à la naissance d'un tableau, ou devise autour d'un verre au Dantzig avec Cendrars.

Chagall signifie « ravi » en hébreu. Il est celui qui m'enlève, me met hors de moi, me fait voyager dans le temps et enchante mon âme.

VII

Golgotha

Que se passe-t-il, Chagall ? Au fond d'un puits sans lumière, tu te tiens la tête entre les mains, tes premiers cheveux gris sont apparus. Cela fait plus de deux ans déjà que tu es à Paris, tu as le mal du pays, mais tu ne te résous pas à revenir en Russie sans gloire. Tu n'as jamais entretenu de relations intimes avec Pen, ton premier professeur, mais, parce qu'il vit toujours à Vitebsk, il est devenu un lien puissant avec ta famille, tes racines, et un remède à ta mélancolie. Tu lui écris que tu vas voyager en Italie cet été, accomplissant le souhait de celui qui encourageait tous ses élèves aspirants peintres à découvrir les trésors picturaux et les sculptures de la péninsule. Vraiment ? Et avec quel argent ? Oseras-tu solliciter Vinaver ? Non. Dans le peu d'estime où tu es de toi-même, tu as trop peur d'essuyer un refus, et préfères faire pression sur Tugenhold pour qu'il aille lui demander en ton nom une subvention.

Quand la réponse favorable de ton mécène te parvient, le problème est que tu n'as plus aucune envie de te lancer dans ce voyage. Ta vie monacale à la Ruche est un sacrifice dont tu tiens à payer le prix fort. Obnubilé par ton manque de succès et ta reconnaissance limitée, tu souffres et redoubles d'effort dans ta création.

Le possédé s'exprime. Tu peins *Golgotha*, un enfant en croix à la place du Christ, un enfant qui hurle dans un monde d'inspiration orientale, fantaisiste et menaçant, influencé dans le trait par le cubisme en vogue, un monde halluciné, bariolé de rouges et de verts profonds. Cet enfant, c'est toi dans le chemin de croix que tu t'imposes. Du moins, c'est ce que tu crois. En vérité, cet enfant est celui qui te manque, mais tu ne le sais pas encore.

Walden, le marchand, va te sortir de ce mauvais pas. Mécène de l'avant-garde berlinoise, il t'invite à prendre part au tout premier Salon d'automne allemand en septembre, parmi des expressionnistes allemands, des cubistes français, des futuristes italiens et des jeunes Russes. Passionné par la nouveauté et le goût de la controverse, il est bluffé par ton talent. La presse berlinoise considère les artistes qu'il représente comme une bande de singes hurleurs et barbouilleurs, ce qui n'est pas pour te déplaire.

Tu envoies à Berlin trois œuvres : *À la Russie, aux ânes et aux autres*, *Dédié à ma fiancée* et *Golgotha*, parce qu'elles évoquent les perspectives distordues et les couleurs bariolées des expressionnistes allemands. Tu sais t'adresser à un public dorénavant, tu ne te trompes plus dans tes choix. Et, en effet, le salon à peine ouvert, on se presse devant tes toiles. Bernhard Koehler, mécène d'un groupe expressionniste munichois, achète *Golgotha*. C'est la première fois que tu vends une toile de cette importance depuis que tu as quitté Vitebsk.

Devant l'engouement du public allemand, Walden te propose une exposition personnelle au printemps 1914. Tu comprends que ce pays est plus prompt à s'intéresser aux tendances modernes que la France, plus réceptif à ton esthétique, notamment grâce aux riches collectionneurs juifs audacieux. Mais pourquoi faut-il attendre presque un an ? Trois cent soixante-cinq jours, c'est long quand on a vingt-cinq ans.

7 mars 2014

« Dans le cadre des commémorations de la Première Guerre mondiale, vous êtes invitée à une cérémonie en hommage au poète Guillaume Apollinaire qui aura lieu devant sa tombe le 7 mars 2014 à 15 heures au cimetière du Père-Lachaise. »

En découvrant dans mon courrier ce carton tamponné du sceau de la mairie du vingtième arrondissement, j'y ai vu comme un clin d'œil du destin. J'étais à l'affût depuis quelque temps de signes du monde invisible qui viendraient me conforter dans mon étrange relation à Chagall : j'ai décidé de m'y rendre.

J'avais interprété *Les Lettres à Lou* avec passion sur la petite scène du théâtre de la Colline l'année précédente au mois de décembre, et c'est ce qui me valait d'être invitée. Chaque soir, devant un public captivé, je lisais des lettres d'amour enflammées comme si elles m'étaient adressées, alors que ma vie sentimentale faisait naufrage. Apollinaire était aussi celui qui avait découvert Chagall. Plus encore que l'artiste, il avait deviné en lui le génie visionnaire.

Je prends place dans le cercle autour de la tombe du poète, surplombée d'un drôle de menhir, sorte de grande croix sans bras, ou plutôt de sexe géant, ce qui conviendrait mieux à l'esprit du bonhomme.

En un discours rapide, précis, madame la Maire nous rappelle le courage de Guillaume Apollinaire, son amour pour la France et la patrie, lui qui est né polonais. Il fait honneur à tous les immigrés qui ont épousé, parfois jusqu'au sacrifice de leur vie, leur pays d'accueil.

Après son discours, elle s'agenouille, ceinturée de son écharpe tricolore, pour déposer la gerbe de fleurs, et j'imagine le costaud allongé en dessous s'amusant comme un gamin à regarder sous sa jupe.

Dix minutes plus tard, ils sont tous déjà repartis dans les allées du cimetière, s'égayant comme une volée de moineaux, pressés pour certains de regagner leur bureau. Et je reste seule devant la tombe. Quelque chose me retient. Est-ce un pressentiment ou l'angoisse de ma solitude, ce poids de plomb fiché entre mes deux seins, douloureux comme une balle perdue ? Je m'assois sur la pierre tombale, et d'un doigt je suis les contours du cœur gravé dessus, formé de tessons de bouteille verts et blancs. J'ai l'impression que les morceaux de verre cassé râpent et blessent mon âme, tandis qu'une phrase tourne dans ma tête : « L'art nous console de la vie. » Je ne sais plus de qui elle est, mais tu pourrais en être l'auteur. Ta peinture me berce d'histoires de Chagall, elle dialogue avec mon âme comme jamais aucun peintre avant toi.

L'arbre s'agite sous la bise, le soleil vif perce ses feuillages, une pie se balance sur une des branches et chante, je ferme les yeux. Je murmure ma prière à voix basse.

Une voix se met à résonner dans ma tête, une voix d'homme mûr, à l'accent chantant, roulant des « r » suaves comme le ferait un Italien. Il prononce mon nom, me parle, et ses intonations ponctuées d'envolées, d'élans et de retenues, sont celles du yiddish, une langue ancienne qui fait écho en moi.

J'ouvre les yeux, sidérée, et regarde le cimetière autour de moi. Je secoue la tête, incrédule.

La voix reprend : « Bella ? Tu es revenue, ma Bella ? Enfin ! »

Ai-je une hallucination ? J'ai l'impression de sortir de la réalité, je suis dans un décor, une scène de film. Tout mon corps se met à trembler, je prends une grande inspiration, tâte le téléphone portable au fond de ma poche, non pour appeler qui que ce soit mais pour me rassurer. Je le sens sous mes doigts, je ne suis pas en train de rêver. Se pourrait-il que Bella Rosenfeld m'habite et me pousse vers la peinture de celui à qui elle s'est vouée ? Suis-je en train de perdre la raison ?

VIII

La maison brûle

PARIS, EN CE DÉBUT D'ANNÉE 1914, commence enfin à découvrir ta valeur.

Au Salon des indépendants en mars, tu présentes *Le Violoniste*, *La Femme enceinte* et l'*Autoportrait aux sept doigts*. L'exposition se déplace ensuite à Amsterdam, et, ô surprise ! ô joie ! tu vends tes trois tableaux au collectionneur Paul Alexandre Regnault pour neuf cents francs. C'est plus que tu n'as jamais touché. Tu n'en reviens pas, tu commences à avoir de la valeur, bientôt tu auras une cote sur le marché de l'art. Pour un peu tu te ficherais presque que le comptable de la galerie se soit fait la belle en Amérique avec ton argent.

« C'est vraiment dégueulasse ! J'ai envie de gerber. Ton *Violoniste* était le plus beau tableau du Salon de cette année ! » Cendrars est révolté par l'injustice qui t'est faite. Son amitié indéfectible le pousse à te défendre, sa grande gueule le pousse à l'action. Fort de son aura d'écrivain « à la réputation internationale », il débarque chez Charles Malpel, un marchand d'art de l'avenue Montaigne, et le convainc de te représenter. Tu signes enfin un contrat avec un marchand qui t'assure deux cent cinquante francs par mois en échange de six petits tableaux, un grand format en valant deux.

Le soir même, tu rejoins Cendrars chez Ricciotto Canudo, c'est lundi, et, comme chaque semaine, ce dernier reçoit pour sa revue *Montjoie!* toute l'avant-garde littéraire et artistique. Il passe pour l'un des critiques d'art les plus avisés de son époque et voit en toi un « des grands maîtres de demain ». Quand, fou de joie, tu lui apprends la nouvelle, il est outré que Malpel t'ait proposé une somme si modeste, et t'incite à viser plus haut. Tu ne suis pas son conseil, trop heureux de t'engager auprès d'un professionnel qui transforme ta passion en métier et t'assure des revenus suffisants pour t'y consacrer.

Hélas, le répit est de courte durée, la nervosité ne te laisse jamais tout à fait, et voilà qu'elle revient te hanter. Quelle angoisse t'étreint ? Tes plus proches amis n'y comprennent rien, et tu serais bien en peine de leur expliquer. Il n'y a que tes tableaux qui puissent t'apprendre des choses sur toi-même. Tu t'attelles à la préparation de ton exposition à Berlin au mois de juin. Cette fois-ci, il ne s'agit pas d'envoyer trois ou quatre toiles, mais une quarantaine de grands formats et une centaine de petits dessins, gouaches et aquarelles. Ce sera ta première exposition personnelle, tu veux recouvrir les murs de la galerie Der Sturm jusqu'aux cimaises. Pourtant, l'inquiétude ronge ton bonheur avec ses dents. Tu éprouves, en les refoulant, l'amertume et la tristesse de ceux qui désirent rentrer au pays. Ces sentiments que tu ignores se reflètent sur tes toiles comme autant d'aveux colorés. Les souvenirs avec Bella te hantent, tu reviens en peinture auprès d'elle, tu l'enlaces sur la toile, tu la caresses dans ses rêves. Quelle plus belle déclaration d'amour que *Les Amoureux* où tu te figures en ange, l'enserrant contre ta poitrine, lui ravissant une étreinte furtive dans ta chambre à Vitebsk ?

C'est là-bas qu'elle t'attend. À dix-neuf ans, elle poursuit ses études à Moscou, et rentre au village dès qu'elle le peut. Si tu ne viens pas la chercher, votre histoire va partir en fumée. Tout en t'assurant à longueur de pages de son vibrant amour, elle t'a laissé entendre qu'un autre homme, un comédien parmi tous ses soupirants, l'attire. Cela fait bientôt quatre ans qu'elle patiente, et tu réponds à peine à ses lettres. Parallèlement à ses cours d'histoire et de philosophie, elle a pris des cours de théâtre à Moscou au studio Stanislavski. Sa beauté grave et touchante, son allure, son goût pour le jeu font tourner les têtes, et pourtant elle t'a a été fidèle ! Quand elle s'est sentie faiblir pour le garçon avec qui elle répétait le rôle de Julie dans *Mademoiselle Julie*, elle te l'a confié, non pour te rendre jaloux, mais pour que tu viennes l'empêcher de porter un coup fatal à votre amour. Il se pourrait qu'elle reste à Moscou avec son bel acteur…

Tu te dépêches de faire tes papiers au consulat de Russie, car, après Berlin où tu as prévu d'assister au vernissage de ton exposition, tu fileras à Vitebsk où tu resteras tout l'été. Ainsi tu pourras participer au mariage de ta sœur et épouser Bella. Ton contrat avec une galerie parisienne en vue et tes succès à Berlin t'autorisent enfin un retour triomphal aux yeux de ton aimée. Tu n'as plus qu'une obsession : la retrouver.

Tu apportes les ultimes touches à *La maison brûle* avant de l'envoyer avec tes autres toiles à Berlin. Ce sera ton dernier tableau parisien avant une longue période. Mais celui qui boucle ses valises et les détails pratiques de son voyage l'ignore, il rêve de revenir dès la fin de l'été dans la capitale, tous ses tableaux vendus et Bella fièrement accrochée à son bras. Confiné dans ton atelier, loin de la Rotonde et des palabres entre Russes inspirés par le catastrophisme ambiant, tu n'as pas reçu ta part de drame à chaque tasse de café. La colère gronde, l'Europe tremble, et seule ta mémoire ancestrale de la peur le sent. Les événements transpercent ta toile et dépassent ton entendement. En peignant *La maison brûle*, tu penses te délivrer de l'urgence de retrouver Bella avant que votre histoire d'amour ne soit réduite en cendres, mais tu exprimes aussi, à ton corps défendant, l'incendie des tragédies à venir dans un monde sur le point de basculer.

Un après-midi, avant de rejoindre les abattoirs où il travaille toute la nuit, Soutine frappe à ta porte. Tu lui ouvres avec réticence tant il est sale, tant il pue. Mais il est ton compatriote, un enfant du *shtetl* comme toi, vous venez des couches de la même terre. Son haleine, mélange d'œuf pourri et d'alcool, te fait reculer de trois pas. Il n'arrête pas de se gratter tout en te parlant et tu pries qu'il ne te refile pas la gale. Son russe guttural résonne dans le couloir, chaque mot semble lui être arraché du gosier, l'affaire doit être grave, urgente, pour qu'il ait bravé à ce point sa maladive timidité. Consterné, tu t'aperçois qu'il tremble de froid, nu sous son manteau, les pieds recouverts de simples papiers journaux. Tu ne te résous pas à le laisser entrer, cela relèverait de la profanation. Soutine exhale la mort, Soutine vit de la mort, abattant des vaches à quelques mètres de là, transportant leurs cadavres frais sur son épaule, en entassant certaines dans son atelier pour les peindre. Tu le dévisages avec crainte, ce pauvre homme et véritable artiste porte malheur, tu en es sûr. C'est de l'ordre de la superstition. Toute la Ruche a suivi avec envie le déménagement de tes toiles dans des caisses étiquetées à l'adresse de la galerie Der Sturm à Berlin, ainsi, puisque tu pars, veinard, Soutine te propose de lui sous-louer ton atelier, c'est-à-dire de le lui prêter, sachant qu'il n'a pas un rond et n'honore pas ses dettes. Tu ne peux que refuser, horrifié.

Un matin frais et ensoleillé de la mi-mai, tu fermes pour de bon la porte de ton atelier. La serrure est cassée, ce dont tu ne t'es pas aperçu puisque tu en sortais peu, ce n'est pas grave, tu prends une corde et la noue avec fermeté. Tes voisins comprendront que tu ne seras pas absent trop longtemps. Comment aurais-tu pu deviner que ton atelier resterait vide durant des années ?

Un pâle soleil troue la lumière grise sur Berlin, la ville est animée, bruyante, le trafic est dense sur les avenues trop larges aux trottoirs étroits. Dans la foule, tu te fais bousculer par une dame bien en chair qui promène son chien, tu voudrais lui demander ton chemin, mais elle a l'air pressé et tu ne connais pas sa langue. Tu as raté la station de métro et ton rendez-vous avec Walden et Cendrars à la galerie, où vous deviez prendre un verre pour faire le point avant que ne commencent les festivités.

Lorsque tu arrives enfin au 134A Potsdamerstrasse, une rangée de luxueuses voitures noires est déjà garée le long de l'élégant immeuble aux tours fuselées dont la galerie Der Sturm occupe le rez-de-chaussée. Des hommes moustachus en chapeaux melons et complets se pressent à l'intérieur, tu leur emboîtes le pas. Certains sont accompagnés de leur épouse ou de leurs filles, tu trouves à ces dernières le visage ingrat sous les chapeaux à plumes, la silhouette épaisse, aucune n'accroche ton regard. Tu n'as d'yeux que pour tes tableaux qui tapissent les murs, ils occupent tant de place que leurs cadres se touchent presque, tes dessins, gouaches et aquarelles sont disposés sur des tables. Le public se bouscule, enthousiaste, devant tes très grands formats, *Hommage à Apollinaire*, *Le Marchand de bestiaux*, *La Prisée*, exposés pour la première fois. Walden est en pleine discussion avec un homme ventru, assez débraillé comparé aux autres, au fort accent américain. Cendrars, qui t'attendait, te repère dans la foule et te murmure qu'il s'agit d'un grand collectionneur d'outre-Atlantique courtisé par les marchands du monde entier pour sa fortune et ses goûts éclairés. August Macke et Franz Marc, deux figures éminentes de l'expressionnisme allemand, ont l'air emballé, ils te cherchent et, de loin, t'applaudissent, tu les remercies d'un signe de tête pudique. D'autres personnes les imitent et viennent t'entourer, te fêter, te saluer, tu ne comprends pas un mot de ce qu'ils disent, mais tu souris, heureux, comblé. L'atmosphère est électrique. Cendrars, tout en mâchonnant sa pipe, serre ton bras, ému : « C'est le début d'une carrière internationale, Chagall, le coup d'envoi de ton histoire d'amour avec le public allemand. »

La gratitude et la joie font vibrer ton être tout entier. Tu voudrais leur baiser les pieds à tous, serrer Walden dans tes bras, ton héros, celui qui a cru en toi. Et Cendrars, ton ami le plus sincère, capable de s'effacer pour toi, ne s'offensant même pas que Walden ait préféré le poème d'Apollinaire au sien pour accompagner le catalogue de l'exposition. Cendrars qui s'est montré intraitable sur le prix de tes tableaux, s'improvisant agent face à un Walden âpre au gain. Cendrars, profondément admiratif de ton travail et qui veut être à la hauteur des personnages de ses romans, un aventurier fort en gueule et pourfendeur d'injustice. Il te dit de te méfier de Walden, qu'en ces moments-là l'ami s'efface devant le marchand, de rester à Berlin le temps de l'exposition, et de ne pas partir sans avoir touché ton argent. Tu fais tout le contraire, tu pars dès le lendemain, après avoir visité les salles classiques de la National Galerie et une grande rétrospective consacrée à Van Gogh. Tu n'assistes pas à la vente de tes œuvres les jours suivants.

Si tu avais su… Quand tu repenses à toute cette fougue, cette inspiration, toute cette exaltation que tu avais mises dans ces toiles ! C'est une partie de ta jeunesse que tu laisses en territoire ennemi, une partie de ton âme, celle du jeune homme aux yeux bleu miroir étincelants, aux boucles enfantines, au sourire de faune, ce sont tes années magiques que tu abandonnes. Comment aurais-tu pu deviner que ce pays si accueillant te serait interdit demain ? Tu ne retrouveras aucune de tes toiles, vendues ou dispersées par le divorce de Walden, la guerre et la montée de la haine antisémite. Pas plus que tu ne verras la couleur de ton argent.

Dans un renversement inattendu de tes priorités, Bella est passée avant ta peinture. Malpel, Cendrars et Féla réclament quant à eux ton retour à Paris, la capitale te tend les bras, mais tu es tourné vers Vitebsk. Que serait-il advenu de votre amour si Bella et toi aviez été séparés encore quatre années de plus, le temps de cette guerre impitoyable qui se prépare en coulisses ? Et que serait-il advenu de toi, de ta peinture, si tu ne t'étais pas marié à Bella, ta muse alliée, ton âme sœur ? Personne n'échappe à sa destinée…

7 avril 2014

Personne n'échappe à sa destinée ou, comme le disait Malraux, « la mort transforme la vie en destin ». Mes parents avaient choisi de me prénommer Annabelle, et mes amis me surnommaient Bella depuis toujours. Ce surnom prenait désormais un sens particulier, et je pouvais me féliciter d'une coïncidence de plus, et pas des moindres, entre Chagall et moi. Mais de là à considérer que j'étais une « réincarnation » de Bella Rosenfeld, il fallait encore me convaincre ! Évidemment, je ne pouvais parler à personne de ces phénomènes étranges qui me tombaient dessus. Je rêvais de Chagall chaque nuit, et je sentais sa présence à mes côtés à chaque instant. Je ne m'étonnais plus d'entendre sa voix me donner des conseils. Je me sentais entourée, veillée par un esprit bienveillant, à l'écoute de mon être et de mes aspirations. Dans cet échange, je vivais une relation inexplicable. Et pourtant, me disais-je, croire au surnaturel devrait paraître normal à quiconque aime et embrasse la peinture de Chagall.

Je finis par pousser la porte du cabinet de monsieur Traouré, rue Glacière, dans le treizième arrondissement de Paris. J'avais trouvé son nom sur internet en cherchant un hypnotiseur. Un visage noir, tout ridé, creusé d'un sourire éclatant, m'accueille en me souhaitant la bienvenue. Ses yeux, cachés sous leurs paupières, ne regardent plus notre monde depuis longtemps, et peut-être qu'ils ne l'ont jamais vu. Est-ce parce qu'il ne me voit pas que je me sens capable de lui raconter mon histoire sans avoir peur d'être jugée ? Je voudrais simplement comprendre ce qui m'arrive.

Monsieur Traouré m'a écoutée attentivement avant de prendre la parole. J'ai tout l'air d'être une patiente parfaite pour l'hypnose, me dit-il, j'entre dans des états de conscience modifiés facilement et sans m'en rendre compte, lors de mon sommeil ou lorsque quelque chose fait écho à ma sensibilité intime, le meilleur exemple étant ce tableau de Chagall dont je lui ai parlé.

Monsieur Traouré a une diction très articulée, sa voix, un peu gutturale, est grave, profonde. Il me demande de m'allonger sur une table, comme celle que l'on trouve chez les kinés, sans enlever mon manteau car je risque d'avoir froid. Une odeur particulière, un mélange d'huiles essentielles à base de lavande vraie vient me chatouiller les narines. Je ferme les yeux, quitte la pièce étroite et sombre aux murs tendus d'un tissu épais et vert caca d'oie. Sous ma joue, je sens le papier fin qui me protège du plastique de la table. Je m'étends sur le dos. Je sens mes paupières s'enfoncer dans leurs orbites, mon front se détendre, puis tout mon corps s'alourdir avant de se relâcher. Immobile, je continue de raconter, de répondre aux questions de monsieur Traouré.

« Je me sens irrésistiblement attirée par sa peinture, ça devient obsessionnel. C'est plus fort que moi.

– Si c'est une souffrance, vous devez vous réfréner.

– Non, c'est surtout une joie, une joie intense, une joie qui rayonne dans tout mon être.

– Alors où est le problème ? Ne cherchez pas à comprendre. Vous êtes dans la vie. Vous avez beaucoup de chance. Chagall agit comme un guide, et je pressens qu'il ne vous veut que du bien. Peut-être est-ce pour lui comme pour vous une deuxième chance ? Laissez-vous agir par cette force.

– Vous savez, il adorait sa femme, elle était tout pour lui, je serais prête à payer cher pour recevoir le dixième de cet amour ! Bella a toujours été sa muse. Mais elle n'était pas un simple modèle selon la loi du genre dans les ateliers de l'époque, elle l'a aussi façonné. Chagall admirait sa femme et ne finissait pas une toile sans son approbation. Malheureusement, Bella a mis tout son talent au profit de son mari, elle a été dévorée par son génie.

– Il ne pouvait en être autrement, m'interrompt monsieur Traouré.

– Moi, je n'ai jamais considéré qu'être actrice nécessitait un vrai talent, ou alors mineur, je ne suis que l'interprète du talent des autres, le jouet de leurs visions, vous comprenez ? Je suis une muse muselée qui rêverait d'arracher son bâillon et de raconter un jour une histoire à elle, mais… je n'ose pas employer mes propres mots, je me réfugie derrière ceux des autres. Alors je ne vois pas bien où tout ce que je vis est en train de me mener.

– Il s'agit d'aller au bout de vous-même et symboliquement de poursuivre votre mue de l'état de muse à celui de conteuse. D'après ce que vous me dites, Bella Rosenfeld rêvait d'être le modèle de Chagall, mais l'envie de créer était en elle, son âme d'artiste avait besoin de s'exprimer.

– C'est exactement cela.

– Eh bien ce Chagall qui surgit dans votre esprit peut et veut vous y aider. Un jour, ça s'éclairera… À présent, vous allez bouger doucement votre main droite, prendre une grande respiration et ouvrir les yeux. »

IX

Vue de la fenêtre

TE VOILÀ REVENU AU PAYS DE LA NEIGE au mois de juin, au pays de tes rêves quand tu en es loin, au pays des tiens. Ce n'est pas tant la Russie, ta patrie, que Vitebsk. La Russie est un continent peuplé de Russes blancs, arrogants et forts, de cosaques violents, aux mains tachées par le sang des pogroms. C'est votre petite ville que tu retrouves avec émotion, votre petite ville singulière et malheureuse, typique de la zone de résidence où s'entassent des milliers de Juifs privés de droits, dans des maisons de bois à l'équilibre précaire, où s'élèvent des centaines de synagogues. Ta mère, si fière de toi, t'a aménagé une des chambres que louent tes parents dans l'arrière-cour de leur maison, à deux pas de l'épicerie maternelle.

À travers le montant en bois de la fenêtre de ta chambre, que recouvrent les dernières neiges, et les franges des rideaux, tu peins *Vue de la fenêtre* peu après ton arrivée. Ce tableau symbolise le bonheur et le calme de celui qui renoue avec sa terre et son foyer. On y voit les poules qui picorent dans la cour, la chèvre, le veau de l'autre côté de la clôture, les clochers verts qui vibrent au loin dans le ciel pâle et floconneux. Le réel semble pris dans une bulle, celle d'une ville provinciale et ordinaire, dont la douce luminosité atténue tes verts, tes bleus et l'ensemble de ta palette. Fini les couleurs démentes, les formes exagérées, les scènes fantastiques, les perspectives disloquées. Tu reviens aux fondamentaux. Ta ville natale, votre berceau, n'est plus un souvenir extatique et halluciné mais une réalité pleinement acceptée jusque dans sa tendre mélancolie. Tu embrasses à nouveau le petit monde du *shtetl*, tu l'étreins avec le même enthousiasme que tu avais mis à t'en libérer. Bella, ta douce Bella, te retrouve, ta peinture ne lui est plus étrangère. Même si vous savez que votre vie sera ailleurs, ici ce sont vos racines, ici est votre sol fertile, votre culture, votre humanité.

Tu fais aussi les portraits de tes proches, abandonnant tout effet pour les saisir au plus près de leur vérité. Celui de ton jeune frère tuberculeux, que la maladie ou la guerre, vous ne saurez jamais, va bientôt emporter, dans *David à la mandoline*. Ceux de ta sœur Zina et de son futur mari à table, et de ton oncle Neuch, après le dîner, quand il a trop bu et qu'il ne peut plus se lever. Et, bien sûr, celui de Feïga-Ita, ta mère, cette femme forte à l'énergie rayonnante, que tu représentes telle une immense madone devant son four. Ta mère qui t'a toujours protégé, qui s'est donnée sans compter à ses nombreux enfants, et dont tu guettes l'épuisement. Porté par la chaleur de la famille réunie et conscient de la fragilité du présent, tu les peins dans l'urgence, il te faut les inscrire sur la toile. Et pourtant, dès que tu es auprès d'eux, tu ne penses qu'à retrouver Bella et donc à t'échapper. Pour cela, il te faut absolument t'éloigner de l'épicerie de ta mère, épicentre des commérages de votre quartier et des indiscrétions de tes sœurs.

Le mariage de Zina se déroule comme prévu le 15 juin, tu danses, tu chantes, toi le frère aîné, le fils prodigue, au tempérament aussi joyeux que mélancolique, tu profites de ce monde auquel tu sais, en ton for intérieur, que tu n'appartiens déjà plus.

Les festivités achevées, tu leur annonces que tu déménages pour les besoins de ton art qui nécessitent solitude et silence. Tu vas louer une chambre chez un gendarme, un vrai, avec des moustaches tombantes, dont la maison blanc et rouge, entourée d'un grand jardin, te permet de t'isoler. Tu gardes pour toi qu'elle a surtout l'insigne avantage de te rapprocher de Bella, elle te semble envoyée du ciel pour protéger votre amour. Qui oserait vous déranger dans la maison d'un gendarme ?

Dans ton nouveau repaire, même le jour, tu laisses les volets à peine ouverts pour vivre à l'abri des regards. Ainsi, tu peux peindre en toute tranquillité, dans une solitude que Bella est seule autorisée à perturber. Quelle ivresse de braver les lois de votre communauté !

De son côté, les risques qu'elle prend sont à la mesure de son amour pour toi.

Aux yeux de sa mère si pieuse, tu es un garçon aux mœurs dépravées, un garçon sans le sou, sans métier, puisque ton activité interdite par Dieu, elle n'ose même pas la nommer. Pauvre mère aux idées étriquées, Bella l'aime et la respecte, mais elle ne veut à aucun prix d'une vie comme la sienne.

Chaque nuit, elle s'évade de sa chambre située au rez-de-chaussée, bénissant le sommeil de souche qui unit ses parents. Les bras chargés d'un panier de victuailles rempli de gâteaux et de restes du dîner, elle entre par ta fenêtre, telle une fée ailée. Elle t'apporte également ses plus beaux châles, des étoffes chatoyantes, raffinées comme tu les aimes, brodées de fleurs. Ils te servent de décor et vous les accrochez aux murs. Parfois, tu lui demandes de s'enrouler dans l'un d'eux, à moitié nue, alors elle pose pour toi, couchée sur ton lit, son corps blanc caressé par ton pinceau. Puis tu t'approches peu à peu, achèves de la dévêtir, tremblant de désir, ton souffle contre sa peau. Tes baisers sont légers, respectueux, timides, tu recouvres d'un foulard l'abat-jour de la lampe, enlèves ton pantalon. Bella ferme les yeux, tes lèvres frôlent son épaule, son sein, ta langue vient titiller son mamelon durci comme un charbon ardent, elle sent, pressé contre sa cuisse, un membre puissant, dur et long, elle n'ose d'abord pas le toucher. Tes mains glissent dans son dos, sur ses fesses, tu murmures son nom, tu lui dis que tu la veux, que tu la désires, son souffle s'accélère, tu descends, tes lèvres font escale sur son ventre, elle gémit, tu descends, et ses cuisses s'ouvrent, t'accueillent, te montrent qu'elles t'attendent, tu ne fais rien qu'elle te défende. Vos nuits tendres t'inspirent.

Un soir, en la raccompagnant chez ses parents dans l'obscurité trouée par la lune, tes pieds heurtent dans l'herbe un gros paquet. Bella se penche pour voir dans quoi tu as buté et s'écrie : « Un bébé, c'est un bébé ! » Sous ses mains tremblantes, une chair douce emmitouflée dans un bout de laine sombre se met à gémir. « Ce n'est pas la première fois, les abandons sont fréquents par ici, ces pauvres filles sont tellement désespérées qu'elles déposent leur bébé là où elles imaginent que des gens plus fortunés les trouveront. Mon Dieu, ce monde est bien laid ! » Bella te jette un regard désespéré. « Qu'allons-nous faire ? Impossible de l'emporter chez mes parents, et tout aussi impossible de le laisser là toute la nuit. » Elle serre l'enfant contre sa poitrine, il émet un son faible, ses minuscules mains sont gelées. Tu la consoles et lui prends le bébé des bras. « Ne crains rien, Bella. Je vais le confier au gendarme. »

L'image du père que tu seras glisse sur elle et la fait frissonner, un sourire lui échappe. Hélas, quand tu viens toquer au volet, chargé de ton précieux fardeau, celui qui t'ouvre la porte est blême : la guerre vient d'être déclarée.

X

Le Juif en noir et blanc

Tu lui as donné rendez-vous à votre point de rencontre habituel, sur le pont où coule la Dvina. Vous êtes effondrés. Le tsar Nicolas II vient d'ordonner la mobilisation générale. Les couples vont être séparés, les fils arrachés à leur mère ; hommes et chevaux, tous doivent partir à la guerre.

Bella te regarde, sidérée. Non, cela ne peut pas être vrai. Elle refuse de se séparer de toi, vous n'êtes pas encore mariés. Et puis, quoi, vous devriez aller vous battre pour une patrie qui vous hait ? Qu'ils vous laissent à l'écart, puisque dans cet empire vous êtes relégués au rang de citoyens de deuxième zone !

« Ne t'inquiète pas, Bella, mon vrai pays, désormais, c'est Paris, tu seras mon épouse et tu partiras avec moi. Ma vraie maison, c'est la Ruche, et elle sera la tienne. Je ne vais pas donner ma vie pour un tsar qui nous a toujours persécutés. »

Dans les jours qui suivent, tu te rends chez le gouverneur, insistes, lui présentes un catalogue de ton exposition, ton contrat avec Malpel à Paris, lui parles de ton travail en cours à la Ruche, mais il se montre inflexible. Rien à faire. Toutes les frontières sont verrouillées, même celles avec la France, pays allié.

Vous voilà coincés à Vitebsk! Comme si ta vie à Paris, tu l'avais rêvée. Envolés ta couronne, tes lauriers naissants, tes premiers succès qu'il te tardait de partager avec celle que tu aimes, tes amitiés d'hier, à Paris ou à Berlin! Votre adversaire désigné est l'Allemagne. Tu voudrais avoir des nouvelles de Walden et de tes tableaux séquestrés. Est-il devenu un ennemi lui aussi? Comment une telle absurdité est-elle possible? Dans ton for intérieur, tu compatis avec les Juifs allemands partis la fleur au fusil se battre contre la Russie impériale et antisémite, ce pays des pogroms. Ton cœur, comme celui de Bella, refuse de choisir.

Vitebsk, ville-frontière, se transforme en ville-garnison, plaie vive et source unique de ton inspiration. À la gare, tu vas glaner des informations sur le conflit. Les soldats du tsar arrivent la mine grise, embroussaillée, ou repartent au combat. Des brancardiers portent des blessés. Ça hurle, ça grouille. Des militaires, des moujiks en bonnet de laine, certains te dépassant de trois têtes, te traitent avec brutalité. Ils mangent bruyamment, exhalent l'odeur aigre du front, l'haleine forte des harengs, du tabac. À leur contact tu imagines les charges des cosaques, les soldats enterrés dans les tranchées, tu entends la canonnade. Tu as du mal à distinguer les réfugiés affamés des prisonniers allemands.

Lorsque tu rentres, tu dessines à l'encre de Chine toute la souffrance humaine que tu as ressentie et la condenses dans tes noirs et tes blancs. Ton trait est incisif, tranchant. Parmi toute cette agitation guerrière, tu trouves ta place, la plume ou le pinceau à la main, face à ton papier ou à ton chevalet.

Bella te soutient de son mieux et vient te voir une fois par semaine, elle t'apporte de la nourriture et les fournitures qui te manquent. Elle ne peut que te rejoindre dans l'humanisme dont témoignent tes tableaux. En grande admiratrice de la Révolution française, elle est ulcérée par l'injustice, la misère sociale qui sévit dans votre pays, la vie opulente des uns au détriment de la survie des autres, et elle est bouleversée par la multiplication des pogroms. Elle se demande si elle connaîtra un jour une société moins antisémite. Guerre ou pas, ce pays doit craquer. Elle comprend, sans les approuver, les terroristes de Narodnaïa Volia (Volonté du Peuple), mais elle refuse et exècre la violence. Néanmoins, certains soirs, elle se surprend à souhaiter que la colère gronde et fasse couler le sang des puissants, renverse les couronnes, et nettoie tout sur son passage. Son premier acte de rébellion contre son milieu bourgeois a été d'imposer son mariage avec toi. « Comment donc, un simple commis ? Quel mari fera-t-il ? Tu es folle, ma fille ! Il ne gagnera jamais sa vie ! » Ce ne sont pas les réflexions effarées de sa mère qui vont la faire changer d'avis. C'est vrai, tu n'as pas un sou, mais tu as un trésor en toi, celui d'être un immense artiste. Telle est son intime conviction.

En ces temps de catastrophe, tous tes sentiments s'expriment, la sidération, la peur, la tristesse, la compassion. Dans *La Gazette de Smolensk*, deux Juifs, dessinés sur un fond jaune parsemé de verts et terni par des ombres menaçantes, semblent sidérés par le mot « *Voïna* », la guerre, écrit en toutes lettres à la une du journal posé entre eux sur la table. Le plus jeune, vêtu à l'occidentale et coiffé d'un chapeau melon, est gagné par la panique. Celui qui lui fait face, archétype du vieux barbu en costume traditionnel, arbore l'air songeur et soucieux de nos grands-pères, pères et oncles, ces anciens qui ont connu de terribles pogroms et redoutent l'éternel retour de la souffrance et des hostilités pour leur peuple. Hélas, chez nous, comme disait ma grand-mère, les pessimistes ont toujours raison ! La Russie franchit encore un pallier lorsque le grand-duc Nicolas Nikolaïevitch, commandant suprême de l'armée impériale et antisémite notoire, accuse d'espionnage près d'un million de Juifs vivant aux frontières de la Zone de résidence*, à des centaines de kilomètres de Vitebsk. Leur crime ? Parler le yiddish, dont les sonorités sont trop proches de l'allemand. Ils n'ont que vingt-quatre heures pour quitter leur logis, sous peine de mort. Des vieillards sont jetés à la rue, errent sur les chemins, accablés par le soleil et le poids de leur baluchon sur l'épaule. Ces hommes privés de terre, ruinés, contraints à la mendicité, pourchassés par le pouvoir, tu aimerais les transposer dans tes tableaux pour les mettre en sûreté.

Ces pauvres *Hassidim***, tu les reçois chez toi, tu les invites à se réchauffer autour de ton samovar, leur offres un morceau de pain. Une fois qu'ils sont assis, tu les interroges et leur restitues leur grandeur en les fixant sur ta toile pour l'éternité. Ces vagabonds crasseux, ces marginaux malgré eux, retrouvent, le temps d'une brève rencontre, leur part d'humanité, et leur part de divin. C'est *Le Juif en vert*, *Le Juif en rose*, *Le Juif en rouge*. Des figures symboliques, transcendées, modernes, distordues, irréalistes, chacune déployant sa tonalité propre. C'est *Le Marchand de journaux*, ce portrait d'un homme au visage anguleux, au regard implorant, qui, sous un ciel écarlate, s'avance sur une route obscure pour offrir les terribles nouvelles du jour. Ce sont des anges, au sens biblique, des messagers. Leurs visages tragiques, ravagés par les rides, ne nous annoncent rien de bon, l'heure est à la catastrophe.

* Désigne la région ouest de l'Empire russe frontalière avec les puissances d'Europe centrale. Les Juifs enregistrés y étaient regroupés jusqu'en février 1917.
** Les *Hassidim* (Juifs très pieux) insistent particulièrement sur la ferveur et la communion joyeuse avec Dieu, en particulier à travers le chant et la danse.

Un matin, tu racontes à Bella que l'un d'eux est entré dans ton atelier et s'est installé en silence devant le samovar. Pris d'une subite inspiration face à cette douleur sans voix, ce désespoir écrasant, tu lui recouvres les épaules du vêtement de prière de ton père, étends le talith comme une caresse sur son dos voûté.

Le Juif en noir et blanc sera ton tableau le plus spirituel, et l'un de tes préférés. Par prudence, tu le conserveras des années sous votre lit, avant de le vendre à un collectionneur.

Tu n'as plus de toiles, tu peins sur des cartons. Bella t'apporte des planches qui te tiennent lieu de chevalet. Tu fais avec les moyens du bord, pas question de t'arrêter, c'est ta contribution « à l'effort de la nation », lui dis-tu avec ton ironie coutumière. Plus d'une soixantaine de tableaux et de dessins à l'encre de Chine pour témoigner de ton effroi face aux horreurs de la guerre, de ta compassion pour les plus fragiles. Ton style, figuratif, allie les courants artistiques de l'époque et le chaos de l'histoire. Là où d'autres peintres, tes compatriotes, obnubilés par la révolution industrielle et les charmes avant-gardistes de l'abstraction, ne voient que bois et acier ou formes géométriques, toi, tu vois des hommes, du sang et des larmes.

Encore une fois, ta peinture est prémonitoire. Ces vieux Juifs vont bientôt disparaître à jamais de la Zone de résidence. Et, bien des années plus tard, c'est tout votre monde, vos rituels, vos coutumes, vos livres, vos maisons de bois, vos ghettos, qui partiront en fumée. Leur figure emblématique, le Juif errant avec son baluchon sur l'épaule, sa casquette mitée, sa canne, vole pour toujours *Au-dessus de Vitebsk*.

Un jour où Bella enjambe ta fenêtre pour t'apporter un nouveau bouquet, tu veux saisir cette vision d'elle en plein vol. « Ne bouge pas, reste où tu es ! » Tu te jettes sur ton ersatz de toile avec tant d'impétuosité qu'elle en tremble sous tes doigts. De ton pinceau jaillit la couleur – rouge, bleu, vert, blanc. Soudain, tu prends ton élan et soulèves Bella du sol comme si vous pouviez vous évader de cette petite chambre trop étroite pour vous deux. Tu te penches à son oreille et lui chuchotes quelque chose. Bella écoute ta voix souple et profonde qui chante, la berce, et la délivre. Les murs, où sont accrochés ses châles chamarrés, tournent autour de vous et vous donnent le vertige. Ensemble, vous montez vers le plafond décoré, vous volez jusqu'à franchir la fenêtre. Un nuage cotonneux et un morceau de ciel bleu pâle vous appellent. Vous survolez les prés fleuris, les palissades et les isbas aux volets fermés, les champs et les églises. Tu veux sauver Bella, l'emmener hors du monde.

Cet instant magique, c'est *L'Anniversaire*. Dans ce tableau, tu déclares à l'univers entier que rien ne compte plus que ton amour pour elle.

Malheureusement, la réalité vous rattrape. Tu n'attends plus aucun versement de Malpel, ni de Walden, et tu cherches les sous dans tes poches. Toutes tes perspectives d'avant-guerre ont disparu. Tu es ramené à ta situation de départ et n'as plus aucun argument pour convaincre les parents de Bella de te donner sa main. Des sentiments contradictoires te tiraillent. Vitebsk te fait horreur dès que tu en es prisonnier, et le mariage dans ces conditions te fait peur. En quelques mois, il pourrait te pousser une barbe, des poils, tu porterais un chapeau, Bella, une perruque et vous vivriez selon les lois du grand rabbin. Votre avenir consisterait à rentrer dans le rang, vous fondre dans la communauté, et assister impuissants au naufrage de tous vos rêves.

Impensable. Tu t'agites dans tous les sens, écris à Sonia Delaunay, restée à Paris, une lettre courte, censurée, dans laquelle tu lui demandes des nouvelles des autres, tes amis artistes et écrivains. « Qu'est-il advenu de tous nos élans, nos aspirations ? J'ai hâte de retrouver Paris. Pour ce qui est de mon exposition à Berlin, elle est devenue à son corps défendant, hélas, "un prisonnier de guerre".* »

Tu n'arrives toujours pas à croire à ton changement si brutal de situation, tout cela n'est qu'un mauvais rêve, tu vas bientôt reprendre le cours de ta vie à Paris. Tu t'inquiètes des mois de loyer impayés à la Ruche, aussi tu pries ton ami Mazin, le poète, d'intercéder en ta faveur auprès de la concierge et, si elle se montre inflexible, d'avoir la gentillesse de récupérer tes biens les plus précieux, albums de photos, lettres, tapis, oreiller, draps de lit, tableaux – il en reste quelques-uns.

C'est ton identité qui vacille. Rentré parmi les tiens avec la fierté de l'artiste cosmopolite et la certitude d'être désormais un artiste européen, tu es chaviré par la violence des événements. Le doute te submerge. Tu n'as jamais peint autant d'autoportraits qu'en cette période, façon de t'affirmer face à un avenir incertain.

Faut-il songer au mariage ? Tu es tellement angoissé que tu poses la question à Tugenhold – celui-ci l'avouera plus tard à Bella, qu'il apprécie beaucoup et dont il estime qu'elle a une influence bénéfique sur ton travail. Ton ami, parce qu'il est le critique qui comprend le mieux ton art aujourd'hui, serait-il le plus à même de sonder ton cœur ? Peut-être. Il est surtout celui qui connaît le mieux ta délicate situation financière. Il t'encourage à te marier,

* Extraits d'une lettre de Chagall à Sonia Delaunay, citée dans *Chagall* de Jackie Wüllschlager, NRF, Gallimard, 2012.

oui, mais sans enfants ! Il te met en garde, il a vu trop de peintres se noyer dans leur vie de famille et finir endettés. Tugenhold, en véritable ami, va plus loin. En un geste magnifique pour favoriser votre union, il persuade un collectionneur moscovite réputé de t'acheter trois tableaux pour trois cents roubles chacun : *Vue de la fenêtre*, *La Boutique du coiffeur*, *La Maison de l'oncle à Lyozno*. Une somme bien supérieure à ce que t'en aurait donné Malpel à Paris ou Walden à Berlin, et le premier signe de reconnaissance officielle dans ton pays d'origine. Pourtant, cela ne suffit pas à te rassurer et te semble dérisoire à côté du prestige que t'ont donné ces deux capitales.

Tu n'as toujours pas compris. Paris et Berlin ne sont plus que des mirages. Plus rien de ce que tu as connu n'existe. Tes admirateurs August Macke et Franz Marc ont été enrôlés dans l'armée impériale, et le premier est déjà mort au combat. À Paris, Cendrars, citoyen suisse, s'est engagé dans la Légion étrangère, Delaunay, pacifiste convaincu, a fui en Espagne, Apollinaire a rejoint l'artillerie. Braque et Derain sont en première ligne sur le front. Léger aussi. Seul Modigliani, en raison de son état de santé, est réformé. La communauté artistique dont tu continues de rêver chaque jour s'est désagrégée.

Tout cela, tu l'ignores, toi qui te plains d'être bloqué à Vitebsk et surtout d'être séparé de tes précieuses toiles : « Dieu seul sait si je les reverrai un jour. Sans compter que leur vente devait me rapporter une somme qui n'a rien d'insignifiant (...) j'aimerais venir en personne à Pétrograd si vous pouviez m'accueillir dans l'exposition, mais l'essentiel à mes yeux serait que vous m'accordiez quelque valeur artistique », écris-tu à Benois, le même qui t'avait refusé l'accès à son exposition du *Monde de l'art* en 1913.

Cette fois-ci, il t'invite à présenter vingt-cinq œuvres récentes dont *Le Juif en noir et blanc*, qui remporte un beau succès auprès du public. Tugenhold, toujours très suivi dans ses critiques, salue en toi un des grands espoirs de la peinture russe et, au tout début de l'année 1915, un riche ingénieur t'achète une trentaine de toiles pour un musée d'art juif qu'il compte fonder à Moscou.

Les anges vous ont aidés, tu peux profiter de cette situation favorable pour convaincre les Rosenfeld de te prendre au sérieux et de t'accorder la main de Bella.

Dans l'attente de vos noces, elle vit toujours sagement chez eux. Mais la guerre n'a fait que renforcer votre amour, et, en ces jours troublés, vous roucoulez à la barbe des anciens.

Ce début d'année sonne aussi la mobilisation pour ton frère et toi. David est envoyé sur le front de la Crimée et toi, tu luttes en vain pour obtenir une affectation en tant que peintre au service du camouflage militaire. Bella ne dort plus, l'idée que tu puisses mourir comme tant d'autres, si jeunes, arrachés à la fleur de l'âge, la dévaste. Sa panique décide enfin les Rosenfeld à agir. L'un des frères de Bella dirige le Bureau central d'économie de guerre à Pétrograd et te propose un emploi qui peut te tenir lieu de service militaire.

La date des noces est fixée au 25 juillet de cette lugubre année 1915, mais ta mère ne tiendra pas jusqu'à la cérémonie. Au terme d'une vie épuisante, à quarante-neuf ans à peine, elle a juste eu le temps de confier son fils préféré enfin rentré au pays à sa bru, puis s'est éclipsée. Tu n'étais pas à Vitebsk ce jour-là, retenu à Pétrograd par ton service militaire. Et c'est une bénédiction, car tu n'aurais pas supporté de voir la face cireuse, morte, de celle qui t'a tant aimé. Tu n'as pas fini de la pleurer.

En un jour d'été pluvieux, comme une métaphore des larmes qui t'oppressent encore, vous voilà serrant vos doigts fins et osseux, main dans la main, au-dessous d'une couronne nuptiale bleue comme sur tes tableaux, à attendre la bénédiction du rabbin.

Rue Pokrovskaïa, la rue de ton enfance, une belle musique résonne, des violonistes verts jouent sur les toits, des anges blancs planent au-dessus des maisons. Des vieux oncles en calottes sombres assis sur des bancs semblent tenir conversation aux chèvres qui pâturent à côté. Les voisins ont revêtu leurs habits de fête et viennent à la rencontre des jeunes mariés, vous invitant à entrer dans leur maison, selon la tradition.

Afin de conjurer la mort de ta mère, à qui tes dernières toiles dressent un véritable mausolée, d'écarter la réalité de la guerre qui vous encercle, et de célébrer l'amour puissant qui vous unit, tu te lances dans une nouvelle série de tableaux, *Les Amoureux*.

XI

Les Amoureux

TU N'AS PAS ENCORE ÉTÉ APPELÉ AU FRONT, la guerre vous laisse un répit jusqu'à la fin de l'année, et Bella a obtenu de sa mère les clefs de leur belle datcha dans le village de Zaolchie, à quelques kilomètres de Vitebsk. Dans cette maison entourée d'une campagne dorée par l'automne que Bella adore, elle veut offrir une lune de miel à ton cœur meurtri par la mort de ta mère. Par la magie du mariage, elle deviendra l'amie qui te soulage du quotidien, ton indéfectible alliée, ta femme au désir ardent, et ta muse, celle qui t'insuffle l'espoir et la poésie. Vos sensibilités s'épousent, vos personnalités se complètent.

Toute de blanc ou de noir vêtue, elle traverse désormais tes toiles, les survole. Tu n'achèves plus un tableau sans son approbation. C'est normal qu'elle t'inspire et t'influence, telle une égérie patiente et dévouée, elle s'est entièrement fondue dans ton univers depuis ton retour de Paris. Ton art est imprégné de votre amour fusionnel. Entre ses bras, dans la chaleur de ses baisers, tu as retrouvé la joie, et même l'appétit. Par chance, vous ne manquez pas de vivres. Les pommes de terre, les betteraves, les salades, les carottes, les œufs se trouvent encore à profusion au marché. L'herbe dans les champs est grasse, et non loin de la datcha paît un troupeau de vaches que des soldats traient chaque jour. Bella leur achète des seaux pour que tu aies du lait frais. Dans certaines grandes villes, la famine sévit déjà, alors que tu n'as jamais autant mangé.

Quand Bella se repose, lit ou cuisine, tu vas marcher seul dans la forêt de sapins, oubliant la guerre et te laissant aller au charme parfumé de la campagne. Tu t'allonges dans les champs, rêvasses, regardes le ciel, parfois tu vas parler au cochon ou au cheval à l'étable, et tu rends grâce au soleil qui se couche, au ciel lilas, à la lune qui se lève. Cet état d'esprit est celui du *Poète allongé*, paisible autoportrait, habité par la tendresse et la candeur de ton lien à la nature. Vient ensuite *Le Miroir*, où ton amour pour Bella et la profonde osmose que tu ressens avec le paysage inspirent au sage qui sommeille en toi une vision mystique et mystérieuse, celle d'un miroir reflétant une lampe à huile, sorte d'hommage à ce qui nous dépasse sublimé par ta passion récente pour le violet.

À la fin de l'été, Bella a perdu ses joues de l'enfance, et avec elles une certaine innocence. Son visage, sous tes doigts, a gagné en intensité expressive. Au fil de votre « lune de lait », ainsi que tu surnommes votre idylle en clin d'œil au seau de lait quotidien, son amour inconditionnel s'est substitué à celui, sacré, de ta mère : Bella est devenue la femme forte qui te protège et dont tu es dépendant.

Mais toute parenthèse a une fin, et c'est bien. En janvier 1916, tu dois commencer ton service militaire à Pétrograd. De tout façon, la datcha, enfoncée sous la neige, est à présent trop froide, et Bella ne respire jamais mieux que dans l'effervescence culturelle des grandes villes. Elle est heureuse de partir avec toi. Lors de votre départ, dans les replis de son corps se prépare un autre trésor : elle est enceinte.

Les amoureux sont seuls au monde, et c'est si vrai que, à l'abri dans votre îlot de bonheur, vous en aviez oublié la guerre, ses calamités et ses privations.

Dans les rues grises de Pétrograd, balayées par un vent glacial, les visages sont crispés, les regards fuyants. Aux mauvaises nouvelles du front s'ajoute la désorganisation des chemins de fer, les vivres indispensables commencent à manquer. Devant les boulangeries et les boucheries, des files d'attente interminables se forment. Des femmes allongées à même la neige sale ou sur des lits de fortune sont prêtes à patienter nuit et jour s'il le faut, prêtes à se battre pour garder leur place. Engoncée sous des châles superposés, Bella patiente, enceinte, épuisée ; elle s'efforce de garder le moral. Les traits tirés, elle protège d'une main son ventre arrondi tandis que sur les visages affamés et anxieux de ses compatriotes, elle voit la révolte gronder.

À l'autre bout de la ville, dans les bureaux de Jacov Rosenfeld, tu t'avères un bien piètre employé, confirmant les pires craintes de ta belle-famille, aux yeux de qui tu n'es qu'un incompétent. Soumis à l'esprit tatillon du frère de Bella, tu subis ses reproches et humiliations à longueur de journée. Devant les autres, il est particulièrement sévère avec toi pour ne pas être soupçonné de favoritisme. Ton inaptitude à la moindre tâche administrative est révélée aux yeux de tous. Tu ne parviens même pas à classer des rapports par ordre alphabétique. Jacov perd rapidement ses nerfs, et, hors de lui, il se rue vers toi et envoie valser tous tes papiers. Après quelques jours, il renonce à te confier le classement et te cantonne à la lecture des journaux. Là encore, tu échoues à fournir les résumés demandés et passes la majeure partie de ton temps à « rêvasser ». En vérité, tu illustres en cachette des récits en yiddish que tu découpes dans les journaux et que tu montres à Bella le soir. Tu hais ton beau-frère, et il te le rend bien. Il s'en plaint et te traite de bon à rien. Tu souffres, cette épreuve est pire que le front, crois-tu. Ta vie t'échappe. Dans cette capitale trop russe, trop provinciale, tu étouffes. Le soleil n'a jamais brillé pour toi qu'en France, comme tu l'écris imprudemment au directeur de la revue artistique d'avant-garde *Apollon*, Sergueï Makovski, qui ne manquera pas de te le reprocher le moment venu. Tu oublies simplement que, pour l'heure, le soleil ne brille plus nulle part ni pour personne.

Lorsque tu rentres le soir pour retrouver Bella et te serrer avec elle contre le poêle dans la cuisine, tu as presque envie de pleurer. C'est cette fragilité que tu montres dans l'*Autoportrait* avec Bella. Alors qu'elle pose devant le poêle, tu caches ton visage derrière elle, tel un petit enfant sous les jupes de sa mère. La force de ton émotion irradie l'ensemble du tableau.

L'appartement que vous partagez est trop petit pour y placer ton atelier. Condamné aux petites gouaches, tu te lances dans une série d'autoportraits de vous deux en veillant à économiser les tubes de peinture, car il devient de plus en plus coûteux de renouveler ton stock de fournitures. La série des *Amoureux* vibre de l'intensité du lien qui vous unit. Semblable à un majestueux cygne noir, la tête de Bella ploie vers ton épaule dans *Les Amoureux en rose*. Vos visages, gracieusement inclinés l'un vers l'autre, s'enlacent dans un mouvement mélodieux, sensuel, aux tonalités vertes dans *Les Amoureux en vert*. Et dans *Les Amoureux en gris*, tu as doté ta bien-aimée d'un profil de déesse grecque porté par un long cou. Son visage trône au-dessus du tien, qu'elle attire contre son sein avec la radieuse sévérité d'une Athéna protégeant l'élu de son cœur.

Aux drames qui vous entourent, tu as choisi de répondre par l'amour. Tandis que la Russie compte ses millions de morts, que la pénurie alimentaire accule le pays au bord du gouffre, dans le même élan qu'à Vitebsk avec ta série *Les Juifs*, tu mets sur toile ce que tu as de plus précieux, ce que tu veux protéger du monde extérieur. Ou peut-être que tu peins ta réalité, et elle n'est pas celle des millions de morts, de la peur, de la faim, du froid et de la guerre. Ta réalité est de vibrer d'amour pour ta femme et pour l'enfant à naître, et d'en éprouver de la joie. Peut-être est-ce là, la vraie sagesse.

Bella l'apprend en vivant à tes côtés. Son âme encline aux tourments tâche de se réchauffer au contact de la tienne et cherche des issues au malheur. En vain. Les murs sombres d'un quotidien ravagé l'encerclent, et elle se fait un sang d'encre pour l'enfant qui donne des petits coups de pied de temps à autre pour rappeler qu'il va bientôt arriver.

Tu as retrouvé ton cercle d'amis, ceux d'avant ton départ pour Paris, à commencer par Maxime Vinaver. Ton ancien bienfaiteur est devenu président de la Société d'encouragement pour l'art juif, que viennent de fonder Gunzbourg et Altman. Tous trois t'accueillent à bras ouverts. La Société te commande une fresque pour un lycée situé dans l'enceinte d'une synagogue. Quelle joie pour toi de renouer avec les grandes surfaces ! Les couleurs jaillissent, les formes s'étendent, les personnages s'imposent. Dans une pleine liberté, tu crées des situations cocasses, inspirées du folklore.

Parmi les habitués de la Société, tu retrouves le collectionneur Kagan-Chabchaï, qui t'avait acheté *Le Juif en prière*. Il t'introduit auprès de nombreux intellectuels. Tu te lies avec Pasternak, Essénine, Maïakovski, comme toujours tu préfères les écrivains aux peintres. L'avant-garde artistique russe t'accueille comme l'un de ses membres et Bella t'accompagne avec plaisir dans ce rôle. Malgré les difficultés, et peut-être en raison même de ces difficultés, vous vous jetez à corps perdu dans la vie culturelle de la capitale.

Bientôt, on te commande les décors de *La Comédie du bonheur*, un spectacle de cabaret. Tu pousses loin la provocation et suscite l'incompréhension du public en insistant pour peindre en vert le visage des acteurs. C'est une tradition de l'art moderne russe que de conjuguer le théâtre et les beaux-arts, et tu es Chagall, pas un simple décorateur !

Ta carrière connaît un essor décisif quand tu accèdes à la seule galerie privée exposant des artistes de l'avant-garde à Pétrograd, tu renoues enfin avec une certaine reconnaissance. La propriétaire de la galerie, Nadejda Dobytchina, t'achète plusieurs toiles et t'organise pas moins de cinq expositions. La première, regroupant toutes tes œuvres peintes à Vitebsk, réussit à séduire le fameux critique Benois dont tu as tant de fois sollicité l'approbation. Hélas, les mêmes qui t'encensent à ce jour te feront brutalement chuter de ton piédestal.

Après ta cinquième exposition, Nadejda, toujours soucieuse de pousser plus loin son audace et de placer sa galerie à la pointe de la pointe, se tourne vers le suprématisme et le futurisme et organise l'exposition « 0,10 ». Le titre menaçant annonce les épousailles de l'art abstrait et de l'esprit révolutionnaire, un coup de canon dans les milieux artistiques, l'entrée d'un esprit radical qui soumet l'art à l'aune de sa valeur politique et de son engagement nationaliste. Dans cette atmosphère, Malevitch, qui deviendra ton opposant le plus dur, parvient à se hisser à un niveau d'abstraction jamais atteint avant lui. Sa pièce maîtresse, *Carré noir sur fond blanc*, son charisme, le désir d'un monde nouveau dans votre Russie asphyxiée, lui assurent un succès foudroyant. De nombreux disciples le rejoignent, se rallient au courant suprématiste et reprennent avec des accents quasi religieux le manifeste de l'exposition.

La peinture ne doit plus représenter des natures mortes, encore moins la vie bourgeoise, mais bien descendre dans la rue, visiter les usines, prendre le tramway, être vivante et de son temps ! Enfant de la Révolution et des années qui l'ont préparée, Malevitch parle en prophète, pense en philosophe et se comporte en gourou. Avec tes portraits de ta femme, ton amour profond de la vie, des hommes et des animaux, tu te situes sur un tout autre plan. Toi aussi tu rêves de changement, mais tu es un peintre avant tout, un bâtisseur d'horizons et non un destructeur. Le nihilisme de Malevitch, qu'il a mis en pratique avec l'opéra *Victoire sur le soleil* dont il a signé les costumes et le décor, t'est totalement étranger. Abreuvé par une vision hassidique du monde, l'essence même de ton art repose sur la conviction intime que les êtres et les objets sont chargés d'âme. Face à ces fous dangereux qui proclament que Dieu est mort, face à leurs froides utopies, où peux-tu t'inscrire, toi qui as été élevé dans l'idéal d'une harmonie joyeuse entre l'homme et la nature ? Que peux-tu face aux héritiers d'une tradition très différente, et même antagoniste, issue de l'absolutisme inflexible de l'Église orthodoxe ? À l'approche de tes trente ans, tel le jeune cerf menacé par la meute, tu dois te battre pour ne pas disparaître. Car, en dépit de tes premiers succès auprès de la critique et des collectionneurs, ta cote peut s'effondrer du jour au lendemain, et tout est encore à faire. D'ailleurs, le rédacteur en chef d'*Apollon* oublie (volontairement ?) de te citer dans un article sur l'art russe contemporain. Il est vrai que tu lui avais avoué que tu ne te sentais pas chez toi à Pétrograd. En ces temps de nationalisme exacerbé, c'est ce qui s'appelle une gaffe !

Lors de l'exposition « Valet de Carreau » à Moscou, où tu es invité et te rends avec Bella, tu vois quarante-cinq de tes toiles éclipsées par leur voisinage avec celles de Malevitch et de ses disciples. Tu es moins en but à l'hostilité qu'à la désaffection du public, ce qui est pire. Les jeunes te préfèrent des artistes dont la modernité s'affirme dans un renouvellement des thèmes et des formes, un flirt avec la mort et ses ombres. Ce n'est pas toi, et ce ne le sera jamais. Tu ne peux pas admettre que tu fais fausse route. Et l'admettrais-tu que cela ne changerait rien à ta manière de peindre, instinctuelle plus que cérébrale.

Bella et toi avez des discussions enflammées sur ce sujet. Après tout, dit-elle, pourquoi tant te soucier d'un mouvement qui passera comme tout effet de mode, tes sujets, eux, sont éternels. Le merveilleux Tugenhold, ton ami fidèle et critique d'art précieux, est de l'avis de Bella et demeure ton plus ardent défenseur. Il loue sur des pages entières « ton œuvre pénétrée de lyrisme et d'amour pour l'humanité à une heure où elle en a tant besoin, quand la technique et le démon futuriste pénètre toute production picturale et jette un défi au monde entier. »

Qu'importe ces arguments, tu les balaies, pas question pour toi de te reposer sur de si fragiles lauriers. Il te faut désormais lutter contre un système pour lequel la figuration – et sous peu la peinture au chevalet – est jugée désuète, ringarde. Et ce défi te plaît et te stimule. C'est en composant avec les formes abstraites du suprématisme et en les détournant que tu vas parvenir à renouer avec cette inspiration que tu as connue à Paris durant le cubisme, soucieux de tenir ton rang dans le milieu artistique russe au cours de la seule période de l'histoire où, en matière d'ambition et d'audace, celui-ci devança l'art européen. Tu es Chagall, et le signe absolu de ton génie est de vivre de ce qu'il annexe.

La peinture est mouvement, Bella aussi l'a compris, maintenant. Elle évolue avec toi. Elle te soutient autant qu'elle le peut.

Enfermé dans un local de la cour de votre immeuble que tu as pu aménager en atelier, tu travailles toutes les nuits. Tu t'es trouvé un nouveau copain en la personne d'un voisin, ancien médecin des nerfs, que tu fais poser tandis qu'il te questionne sur ta famille, tes rapports avec ta mère, tes sœurs, etc. Avec lui, tu parles aussi peinture, tu ris et tu bois autour de repas bruyants partagés dans la cuisine. Parfois, pour échapper à l'atmosphère pesante et confinée de votre deux-pièces, tu pars te promener avec ton acolyte bras dessus dessous.

Bella garde pour elle les douleurs qui font son quotidien si différent du tien. En plus de veiller à ce que tu ne manques de rien, elle voit sa grossesse approcher du terme. Avec qui partager les inquiétudes et les souffrances dues à son état ? Les cauchemars qui malmènent ses nuits ? Sa mère est à Vitebsk, elle n'a pas de sœur, pas de cousine, aucune autre femme suffisamment proche à qui confier ses incertitudes liées à la naissance d'un premier enfant en pleine guerre.

Un climat de terreur envahit les rues de Pétrograd, le pays est au bord de la faillite. Dans la rue, Bella voit des personnes bien habillées mendier, d'autres éventrer des palissades pour se fournir en bois car elles n'ont plus rien à brûler dans leurs poêles. Et c'est dans ce chaos intime et social que le 18 mai 1916 elle accouche sans toi de la petite Ida, avec l'aide d'une vieille sage-femme trouvée par une voisine alertée par les gémissements. Est-ce parce qu'elle t'a chassé de l'appartement, sentant les contractions se rapprocher ? Est-ce la peur de ne pas être un père à la hauteur dans ce monde qui tremble sous vos pieds ? Toujours est-il que tu disparais quatre jours et quatre nuits dans Pétrograd en feu. Ton trouble est à l'image de l'empire, sens dessus dessous, mené à la guerre par un tsar faible, à la couronne maculée du sang de son peuple. Pour ne pas prendre le risque que sa fille meure de faim, pour éviter les dangers d'une ville livrée aux bandes de brigands et de déserteurs, sans même se demander ce que tu es devenu, Bella part pour Vitebsk son bébé sous le bras. Rassuré de les savoir au village, tu demeures à Pétrograd. D'une part, tu ne peux pas renoncer au salaire versé par le Bureau de la guerre, de l'autre, l'emballement de la situation suscite ton intérêt, tu veux voir l'histoire en train de s'écrire.

Dans les semaines qui suivent, Raspoutine est assassiné, Nicolas II, ce lâche souverain, renversé ! C'est un pont qui cède sous vos pieds, une maison qui s'écroule. L'ancien monde n'est plus. Comme la plupart des écrivains que tu fréquentes, tu es à la fois surpris et exalté par la tournure des événements.

Les rues de la capitale sont sales et puantes, plus personne ne veut les nettoyer, il n'y a plus de capitale, vous vivez dans un cloaque à ciel ouvert. Des hommes et des femmes en colère se regroupent par centaines sur les places, l'invective aux lèvres, le poing menaçant. La liberté rugit dans leurs bouches, les jurons sifflent. Les soldats quant à eux fuient le front et rejoignent le peuple. Tu lâches ton bureau, le beau-frère arrogant, l'encrier et toute cette paperasse étouffante ! Ce n'est pas ton genre, pourtant, tu descends dans la rue et cries les slogans avec eux. Vive la liberté, vive la fin de la guerre, vive la nouvelle société ! Tu es fou de joie – il fallait bien être fou pour éprouver de la joie en ces moments-là.

Tu pars enfin pour Vitebsk retrouver ta fille et Bella, prêt à enfiler tes habits de père.

Réfugiée dans la vaste maison de ses parents, Bella, cédant à la joie de te retrouver et de te présenter votre fille, ne te pose pas de question. Tu n'es pas venu les mains vides. Au pied du berceau, tu déposes ce qui est ta célébration de la naissance d'Ida : *Muguets*. Les grappes de petites cloches blanches, les tiges raides, bien vertes, remplissent un énorme panier décoré de gros rubans roses, et ce panier, qui pourrait être celui du bébé, occupe tout l'espace du tableau. Juste au-dessus de la corbeille de fleurs, le dernier portrait de ta mère que tu as peint alors qu'elle allait bientôt mourir, délicat témoignage du lien entre les générations et du vide laissé par celle à qui tu aurais tant aimé présenter Ida.

XII

Double portrait au verre de vin

QUEL BONHEUR de retrouver la tranquillité de Vitebsk ! Les Rosenfeld sont chaleureux avec toi, comblés par la présence de leur petite-fille, ainsi tu peux t'évader à la campagne, loin du cocon familial, dans l'atelier de ton ancien maître Pen. Sa générosité se double de fierté à l'égard de celui qui fut autrefois son élève. Il t'offre tout le confort, l'espace et le matériel pour que tu puisses t'adonner à ta passion des grands formats. Toi qui l'as si longtemps méprisé, pressé que tu étais de le dépasser, tu es plein de reconnaissance pour ton vieux professeur. Tu le peins à son chevalet, devant un mur entièrement couvert des portraits surannés qu'il a faits de la bourgeoisie de Vitebsk, auquel tu mêles des éléments cubistes. Ce mélange presque dissonant de deux traditions picturales révèle la tension intérieure qui continue de t'habiter. Tu es heureux d'être coupé du monde, loin de l'orage qui gronde, néanmoins tu redoutes d'être enterré vivant dans votre province. Bella essaie de te rassurer, ce n'est que provisoire, mais rien ne calme l'angoisse profonde qui par à-coups te fait vaciller.

Dans *Les Portes du cimetière*, tu représentes le petit cimetière de Vitebsk, où est enterré ton grand-père, avec ses deux piliers à l'entrée évoquant des rouleaux de la Torah. Dans ce tableau crépusculaire, tout est en mouvement et rappelle les formes abstraites et animées de Malevitch. Sur le portail est inscrit en hébreu la prophétie d'Ézéchiel : « Ô mon peuple, je vais ouvrir vos tombeaux, je vous ferai sortir de vos sépulcres, et je vous ferai entrer dans la terre d'Israël. » En plein effondrement de l'Empire, ces mots te paraissent coïncider avec les rêves et l'aspiration spirituelle des révolutionnaires. Tu célèbres l'émancipation des Juifs grâce à la révolution bolchévique et la date de la déclaration Balfour qui leur accorde enfin un foyer en Palestine. D'ailleurs, ton ciel bleu et blanc reprend les couleurs du drapeau sioniste.

Cette période est propice aux chefs-d'œuvre joyeux, mystiques et fous, amoureux. Ils sont ta réponse cinglante et triomphale à ceux qui voulaient t'éclipser. *Double portrait au verre de vin* te représente juché sur les épaules d'une Bella en robe de mariée, un bouquet à la main. Son décolleté échancré par la danse laisse voir un sein, tandis que, enivré, un verre de vin à la main et béni par un ange, tu convies le spectateur à vos noces impertinentes. Dans *La Promenade*, tu retiens Bella par la main tel un drapeau flottant. Dans sa robe, légère et heureuse, elle défie les lois de la pesanteur et le climat de plomb. Un sacré pied de nez à ceux qui veulent soumettre les lois de l'art à la politique. Toutefois, dans chacune de tes toiles, tu as pris soin d'insérer des éléments du vocabulaire suprématiste à ta peinture figurative. Tu as si peur d'être cantonné à ta province, étouffé par l'atmosphère lénifiante de ton refuge !

Ta ville, ton tombeau… Un de ces dimanches où, à l'heure de la sieste après un repas copieux, tu te laisses aller à ce genre de pensées dans l'obscurité de ta chambre, « le plafond s'ouvre et un être ailé descend avec éclat et fracas emplissant la chambre de mouvement et de nuages. Un frou-frou d'ailes traînées. [Tu] ne peux pas ouvrir les yeux, il fait trop clair, trop lumineux.* » C'est *L'Apparition*. Tu peins ce rêve éveillé tel que tu l'as raconté. Tu te représentes à ton chevalet, surpris par la présence soudaine de ton ange. Le sujet est très personnel, mais la façon dont tu fragmentes les formes, composes le fond de larges aplats bleus et blancs rappelle les figures géométriques des avant-gardistes de l'art abstrait.

Il t'arrive également de peindre en pleine nature et en public, ce qui n'est pas dans tes habitudes mais que permet la présence bienveillante de Pen qui te protège des curieux. Tu reprends les thèmes judaïques qui te sont chers, notamment la chèvre, le coq, en t'emparant des outils de l'art nouveau pour représenter la rivière et ses berges.

La menace plane sur ta série de *Maisons*, branlantes et colorées, ou sur certaines de tes scènes de village. La pression des événements, ton incertitude face à l'avenir imprègnent aussi le portrait en pied que tu fais de ta femme dans *Bella au col blanc*. Vêtue de la même robe noire à col en dentelles que dans *L'Anniversaire*, elle surplombe Vitebsk dans un corps puissant et mince de déesse antique. Devant le ciel bleu rythmé par des nuages blancs d'inspiration cubiste, elle se mue en icône protectrice, figure de la maternité souveraine. La tête penchée vers toi, le regard grave, Bella semble réfléchir aux malheurs qui frappent le pays tout en veillant sur vous deux, minuscules, qui jouez dans le jardin émeraude où tu apprends à marcher à la petite Ida.

À l'automne, vous décidez de quitter Vitebsk pour retourner à Pétrograd. Tu refuses de vivre plus longtemps aux crochets de tes

* Cité dans *Ma vie*, autobiographie de Marc Chagall, Éditions Stock, 1993, p. 117.

beaux-parents, et Nadejda Dobytchina, qui organise dans sa galerie une nouvelle exposition de l'avant-garde, t'a proposé de participer. Bella te soutient et annonce à ses parents votre départ. Sa mère voudrait garder Ida, mais Bella la préfère avec vous, d'autant qu'elle n'est pas sûre que tu veuilles un jour revenir à Vitebsk.

Sous le titre « Travaux d'été », tu présentes sept toiles qui t'apparaissent brutalement vaines et absurdes dans une ville à genoux qui se vide de ses habitants. Tes tableaux reflétant le calme souverain de la datcha de tes beaux-parents, avec leurs opulents intérieurs bourgeois, heurtent les révolutionnaires, même les moins zélés. Le décalage est complet.

À l'inverse, à Moscou, où tu présentes quarante-trois toiles récentes, tes paysages discordants de Vitebsk sont trop radicaux, et tu es assimilé à un dangereux gauchiste aux yeux de l'« ordre ancien », dont Benois et son *Monde de l'art.* Comme tu le confies à Bella, il semble que ta vraie patrie soit Paris, et, si le sort choisit de vous épargner, ton souhait est de ne pas t'attarder en Russie.

XIII

Le Peintre à la lune

Le 26 octobre 1917 à deux heures du matin, les troupes bolchéviques de Lénine se lancent à l'assaut du palais d'Hiver. En quelques jours, le gouvernement tombe, les combats de rue se multiplient, une sanglante guerre civile éclate dans tout le pays opposant les Russes rouges (les bolcheviks) aux Russes blancs, le camp des affamés ou des justiciers à celui des nantis.

À Pétrograd, la population déchaînée pille les magasins tandis que les soldats de l'Armée rouge dévalisent les appartements bourgeois et massacrent leurs habitants. Coupables d'être riches ou de fréquenter des milieux contre-révolutionnaires, les résidents aisés doivent fuir leur ville sous peine de mort ou d'emprisonnement. Ton ancien mécène, Maxime Vinaver, se réfugie en Crimée, suivi par tout ce que la ville compte d'aristocrates.

Tu exècres ces foules qui empestent la hargne, sèment la haine et usent de la violence, mais tu es résolument du côté des révolutionnaires. Bella aussi. Comment ne pas l'être ? Au fond de vous ne cessent de résonner l'écho séculaire des pogroms et les invectives antisémites des Russes blancs. Comment n'applaudiriez-vous pas à une révolution qui promet à chaque Juif, même celui issu des classes populaires, de jouir enfin d'une citoyenneté à part entière ?

Depuis que les Rouges ont renversé le pouvoir, parce que tu es un peintre de l'avant-garde, avec ton cercle d'amis, ivres de liberté et d'égalité, vous faites partie du nouvel establishment culturel.

Un de tes anciens camarades de la Ruche, Lounatcharski, crée le Commissariat du peuple à l'instruction et te propose de diriger le département des arts visuels à Pétrograd. Il propose celui du théâtre à ton ami Meyerhold, et celui de la littérature à Maïakovski. Tandis que les deux autres s'empressent d'accepter, tu refuses et quittes la ville. Quelle mouche t'a piqué ? se demandent-ils, déconcertés. La propriétaire de la galerie où tu exposais raconte que tu n'as même pas pris la peine de faire tes adieux. Elle affirme que c'est à cause de ta femme, à qui tu n'as pas su résister et qui insistait pour rentrer à Vitebsk. Elle n'a pas tout à fait tort, Bella redoutait de te voir lié à ce nouveau gouvernement, et, en te tenant à l'écart du pouvoir, tu restes fidèle à ta nature profondément indépendante. Et puis tu as toi aussi peur des risques de pénurie dans la capitale. Vitebsk a toujours été votre refuge. C'est là où tu es le plus proche de Dieu.

Tout au long de l'année 1918, la révolution emmenée par Lénine renverse l'ordre établi. Le monde marche sur la tête, en cela il ressemble à l'un de tes personnages. Tes contemporains, artistes ou écrivains, accèdent l'un après l'autre à des postes d'influence, à commencer par Malevitch et Kandinsky, qui exercent de hautes fonctions dans la nouvelle capitale Moscou. Lénine signe la nationalisation des grandes collections privées, dont celle de Sergueï Chtchoukine et crée un musée national d'art moderne ouvert à tous. Parallèlement, l'État devient un mécène généreux qui achète à tour de bras les toiles des suprématistes. Tugenhold lui-même, réfugié en Crimée, se passionne pour « l'art prolétarien » et accepte de diriger les affaires artistiques de la région, reniant son goût pour l'Occident. Ils travaillent tous sans relâche pour le nouveau gouvernement, théâtres ouverts dans les campagnes, ornements des trains, affiches, tableaux thématiques pour les maisons des citoyens, les commandes étatiques affluent et remplissent leurs poches. Isolé de ton propre fait, tu commences à trouver amère ta vie de père et de peintre reclus avec sa femme et sa fille dans la maison de tes beaux-parents à Vitebsk. Pourtant, tu peins chaque jour aux côtés de Pen en pleine nature ou dans l'atelier qu'il te prête.

Le Peintre à la lune, qui te montre renversé, elfe gracieux, questionnant les cieux, sa palette dans une main, l'autre à sa bouche l'air étonné, sur un fond mystérieux aux formes géométriques, aux aplats bleus et blancs, est un des tableaux préférés de Bella. Pour qui te connaît, il est le reflet transcendé de ton esprit soucieux, tu te tournes toujours vers les cieux quand tu n'as pas la réponse. Il est l'évocation amusée de tes regrets, la lourdeur tapie au fond de ton cœur s'est transformée en légèreté, en pudeur, en délicatesse.

À l'été, Lounatcharski te contacte à nouveau. Il a besoin de toi. Il souhaite que les provinces les plus reculées puissent elles aussi bénéficier de la culture moderne. Tu sembles aux anges, Bella peine à te suivre. Quelques mois plus tôt, c'est exactement cela que vous aviez fui. De plus, ta loyauté envers Vitebsk et la vie bourgeoise que tu mènes au sein de ta belle-famille s'accordent mal aux idéaux bolchéviques.

« Tu n'es pas fait pour la politique, ils vont te manger tout cru ! J'ai peur que ta peinture en pâtisse.

– Au contraire, Bella, j'agis pour sa survie. Fais-moi confiance. »

Rien ne peut t'arrêter. En quelques heures, tu sacrifies tes boucles, ta barbe de trois jours, abandonnes ton style romantique et bohémien pour celui d'un peintre du parti. Quand tu ressors de la salle de bains, les cheveux ras, les traits durs et émaciés, effrayée, Bella recule de trois pas.

« Qui es-tu ? Je ne te connais plus. »

Tu la rassures d'un sourire, et glisses quelques toiles dans la valise qu'elle est en train de boucler pour toi.

À la gare, tu attrapes un train pour un voyage de dix heures vers Moscou où tu dois rencontrer Lounatcharski au Commissariat du peuple à l'instruction publique.

Tu reviens, trois jours plus tard, vêtu d'une tunique russe, une valise en cuir à bout de bras et, dans ta poche, la lettre d'embauche que tu as relue plusieurs fois. Le soir, après le dîner, enfermé avec Bella dans la chambre, tu la lis à voix haute, fier et heureux de t'engager au service de la Révolution et de gagner un salaire régulier. Tu es chargé « d'organiser des écoles d'art, des musées, des expositions, des conférences et toute autre manifestation artistique dans la ville et la région de Vitebsk. Toutes les forces révolutionnaires sont appelées, par cette décision, à garantir au camarade Chagall leur plein appui ». Ton titre ronflant est celui de « commissaire des Beaux-Arts à Vitebsk », et ton statut, celui d'un fonctionnaire de l'État soviétique. Devant les œuvres que tu lui as apportées, Lounatcharski a été enthousiaste. Et quand tu lui as soumis ton projet d'une école des Beaux-Arts à Vitebsk, ouverte à tous et en particulier aux enfants juifs des familles pauvres, une école qui ressemblerait à celle qui t'a manqué enfant, il a été emballé.

Vous quittez la maison Rosenfeld pour vous installer dans un modeste appartement loué dans la rue Pokrovskaïa, là où tu as grandi, juste en face de la maison familiale où Mania, une de tes sœurs, s'occupe de votre père. Tes deux autres sœurs vivent à Pétrograd, ton frère David est mort sur le front de la Crimée, et la jeune Rosa, l'avant-dernière de la fratrie, est très malade. Les ressources de ta famille sont limitées, mais les Soviets, en mettant à bas les vieilles servitudes, leur ont rendu leur dignité. Tu les aideras à la mesure de tes moyens, mais, si vous avez rejoint le « petit côté de la ville », c'est moins pour te rapprocher d'eux, avec qui les rapports se sont distendus depuis la mort de Feïga-Ita, que pour vous mettre à l'abri des reproches éventuels de tes pairs révolutionnaires.

Conformément aux instructions de Lounatcharski, tu commences à organiser à Vitebsk les fêtes du 7 novembre 1918, jour du premier anniversaire de la victoire des bolcheviks. Lounatcharski souhaite des rues tendues de voiles immenses, des palissades recouvertes de couleurs vives qui expriment le mouvement, la lutte, la ferveur. Une occasion rêvée de transformer ta ville en une toile gigantesque ! Tu invites tous les peintres du coin (et même les peintres d'enseigne et les peintres en bâtiment) à interrompre leur travail pour se présenter à ton bureau.

Tu présides ainsi à la construction de sept arcs de triomphe sur les places principales de Vitebsk. Tu donnes l'ordre de coller quatre cent cinquante affiches révolutionnaires dans les rues. Élaborés à partir de modèles que tu as esquissés, trois cent cinquante bandeaux de toile peinte flottent au vent tels des drapeaux sur les façades, les devantures de magasins, les trams et les kiosques. Tu exposes aussi des œuvres personnelles, mais selon un nouvel état d'esprit, fidèle à la Révolution, qui met à bas le concept de propriété privée. Ainsi, tu invites chacun à les recopier, à s'en inspirer. Tu barioles ton quartier d'animaux multicolores à l'envers, dessines un jeune révolutionnaire jouant du tuba sur un cheval vert, un vieux paysan barbu portant sur son dos un palais. Les promeneurs sont assaillis de chevaux rouges, de vaches vertes, d'oiseaux bleus sur des nuages blancs, de cavaliers brandissant des drapeaux rouges, comme si Vitebsk tout entier renaissait. Les notables communistes cherchent en vain le sens caché, le rapport entre tes peintures et les idéaux de Marx ou de Lénine. La gazette locale te reproche même le gâchis de tissu rouge qui aurait été mieux employé dans la fabrication de sous-vêtements en cette période de disette. Peu t'importe, ce qui compte et fait le succès de ton entreprise, c'est l'impact considérable de l'événement sur les ouvriers qui n'avaient jamais mis les pieds dans un musée, ni même vu la reproduction d'une quelconque œuvre d'art. Les autres commissaires, à Pétrograd et à Kiev, se sont montrés tout aussi dispendieux, recouvrant des bâtiments entiers de kilomètres de tissu. Tugenhold, devenu prophète de l'art prolétarien par opportunisme, te prouve qu'il est resté fidèle en amitié, et vole encore une fois à ton secours. Il est urgent, tonne-t-il dans ses chroniques, d'orner les palais et autres monuments impériaux grâce aux artistes de la Révolution pour éviter que se ravive le sentiment d'oppression et d'isolement chez les masses. Ton rôle de meneur est salué.

Désormais peintre officiel de la première importance, tu occupes une place d'honneur lors de l'exposition d'État consacrée à l'avant-garde au palais d'Hiver de Pétrograd. La critique te compare au héros d'un conte populaire russe qui s'empare du soleil pour éclairer son isba. L'État t'achète à très bon prix des toiles et des dessins. Tu es honoré d'apporter cet argent à ta famille, d'aider les tiens et de donner tort aux Rosenfeld qui ne t'ont jamais fait grâce d'une réflexion. Tu es célébré dans toute la Russie révolutionnaire. Malevitch et sa clique n'auront pas réussi à avoir ta peau ! Tes toiles voisinent en paisible harmonie avec les leurs, et avec les abstractions de Kandinsky. Tu te laisses porter par la fièvre révolutionnaire, tu veux croire en un monde meilleur. Tu tends les bras vers Bella, dansons, ma bien-aimée, dansons, rendons grâce…

Tu ne peux pas imaginer ce qui va suivre. Bella, elle, le pressent, mais comment et sur quelle assurance t'empêcher d'éprouver la joie profonde d'être enfin reconnu par les tiens, dans ton propre pays ? Face à son inquiétude, tes toiles colorées et optimistes accrochées au palais d'Hiver offrent un joyeux démenti. *L'Apparition*, où tu te représentes à ton chevalet visité par l'archange Michel qui te bénit de sa lumière bleue, et la série d'autoportraits qui vous mettent en scène volant vers un avenir radieux, seront pourtant bientôt conspués par les mêmes qui te reprochent ton mysticisme et ton individualisme bourgeois.

En décembre 1918, dans un hôtel particulier néo-classique confisqué à un malheureux banquier juif de Vitebsk, tu lances la première École supérieure d'enseignement artistique. Ce qui apparaît à Bella comme un crime dont elle redoute le châtiment n'a pas l'air de te gêner. Tu trouves grandiose de faire de ce bel hôtel un lieu de culture et d'expression ouvert à tous. Toi qui as toujours été rétif à l'enseignement, tu sembles découvrir les vertus essentielles de la transmission. Généreux et idéaliste, comme toujours, un brin naïf, aussi, tu signes une proclamation appelant tous les artistes plasticiens à prendre part à cette aventure avec toi.

Bella tremble et garde ses idées noires pour elle. Ton école obéit aux mêmes principes que les ateliers libres ouverts à Moscou et à Pétrograd. Tu ne réclames aucun diplôme pour y entrer, tu veux donner sa chance à chacun. Tu veux éveiller à « une spontanéité créatrice en concordance avec la vraie vie du peuple. Seul l'art révolutionnaire peut proclamer le droit à l'existence, seul l'art révolutionnaire est digne d'intérêt, et seuls les artistes révolutionnaires sont capables de nous émouvoir et de retenir notre attention [...] Que la majorité nous suive maintenant ou plus tard, ce n'est pas ce qui nous arrête. Nous écoutons la voix de notre conscience artistique qui nous dicte nos idées et nos formes, les idées et les formes d'un nouvel art révolutionnaire, et nous avons le courage de penser que l'avenir nous suit ». Tels sont les mots que tu écris dans *Le Courrier de Vitebsk*. Le Chagall onirique s'engage, tu veux développer l'esthétique propre à chaque élève, faire éclore chaque talent. Mais ton art, reflet de ton âme voyageuse, souriante et poétique, est unique. Est-ce une aveuglante humilité de ta part ou une façon de combattre l'idéologie qui s'annonce et qui veut faire entrer les artistes dans un moule ?

Rapidement, près de cinq cents étudiants s'inscrivent. Parmi les enseignants, plusieurs expérimentateurs d'avant-garde viennent te rejoindre. Dans un premier temps, tous ne jurent que par toi. Tu es un professeur dont les élèves raffolent. Faisant fi de la méthode, tu comptes sur ton charisme naturel, ta passion intacte, et tu as raison. Bientôt il faut doubler ton atelier libre, tu croules sous les candidatures. Tu t'efforces de faire dispenser du service militaire tes étudiants, leur donnes des cours du soir, les emmènes en bateau pour une séance de dessin d'après nature.

Lors d'une fête révolutionnaire, un élève monte sur le toit de l'école et y accroche un drapeau représentant un homme sur un cheval vert portant cette inscription « Chagall à Vitebsk ». Maïakovski clame dans les rues « Plaise à Dieu que chacun "chagalle" comme Chagall ». Quelle euphorie !

Elle sera de courte durée.

À l'été 1919, soucieux de t'entourer de jeunes artistes talentueux, tu accueilles Lazar, bientôt rebaptisé El Lissitzky, un architecte diplômé de Darmstadt, en Allemagne, qui se prétend un fervent admirateur de ta fantaisie. Tu trouves du talent à cet homme dont le style est à l'opposé du tien. Bella pressent un être froid, calculateur, et te met en garde. Tu lui confies alors les horreurs qu'il a vécues et qu'il t'a racontées. Lorsque Kiev est tombée aux mains de l'Armée blanche, les cosaques blancs organisaient sur la place du village des « soupes communistes* » où ils faisaient bouillir des Juifs vivants et demandaient à leurs camarades capturés de les manger sous peine d'être jetés dans la cuve à leur tour. Bella est en rage en t'écoutant, comment peux-tu croire à de telles sornettes ? Ce qui compte, lui réponds-tu, c'est qu'il s'est pris de passion pour l'Armée rouge et ne rêve que d'écraser l'ancien monde, ce qui facilite tes rapports avec les responsables des Soviets locaux. Ce que tu ignores, et qu'il se garde bien de te dire, c'est qu'il entretient également une correspondance ardente avec un autre natif de Kiev, Kazimir Malevitch.

En octobre 1919, épuisé par tes incessants allers-retours pour réclamer des fonds et chercher du ravitaillement, et parce que Bella se fait un sang d'encre à chacun de tes voyages à Moscou, où la guerre civile entre Blancs et Rouges est sanglante, tu demandes à Lissitzky de te remplacer auprès de Lounatcharski. L'école de Vitebsk, du fait de son succès, a besoin d'engager d'autres enseignants. Avec ton approbation, Lissitzky profite de ce déplacement pour contacter Malevitch et le convaincre de venir enseigner à Vitebsk. Ce

* Les « soupes communistes », organisées par les cosaques blancs dans leur chasse aux Juifs, sont citées dans *La Guerre des Russes blancs* par l'historien Jean-Jacques Marie, Éditions Tallandier, p. 307.

dernier se laisse d'autant plus facilement persuader que la faim sévit dans les rues de Moscou et qu'il se sent de plus en plus en danger.

« Pourquoi faire entrer le renard dans le poulailler ? »

À cette question de Bella, tu ris.

« Je tiens fermement la barre de l'école, et je veux que tous les styles, mêmes les plus opposés au mien, soient représentés et enseignés. Je hais les idéologues, les intolérants, ce n'est pas pour agir comme eux. »

Hélas, ce qui était louable sur le papier vire au cauchemar dans les faits. Une partie des étudiants, dont beaucoup d'étudiantes, fascinées, se regroupent autour de Malevitch, les autres autour de toi. Lissitzky, en réalité fervent supporter de Malevitch, convoque les élèves dans ton dos et les somme de choisir. Bientôt, les cours de Malevitch deviennent des ateliers « interdits aux étrangers ». Tu te cabres devant tant de raideur intellectuelle, et l'école se scinde en deux courants. Pour Malevitch, les grondements de canon de la révolution d'Octobre doivent être l'occasion de mettre à bas les apprentissages et de « nettoyer » les cerveaux de tous les « accessoires académiques ».

Le problème est que, loin d'être seul, Malevitch est la tête de proue charismatique d'une vraie lame de fond encouragée par les bolcheviks. À la même époque, comme par hasard, la Tchéka* s'est mise à harceler tes beaux-parents. Un après-midi, sept voitures stoppent devant les vitrines de leur bijouterie. Les soldats entassent dans les coffres pierres précieuses, or, argent, montres, tout ce qui emplissait les trois magasins, puis, agitant une arme sous le nez de

* La Tchéka est la police politique créée le 20 décembre 1917 sur l'inspiration de Lénine pour combattre les ennemis du nouveau régime bolchevique. Elle est devenue le symbole de la terreur et du règne de la violence.

ta belle-mère, ils lui demandent les clefs du coffre. Comme si cela ne leur suffisait pas, ils reviennent dans la nuit, accompagnés d'un informateur, percer les murs et soulever les planchers à la recherche de trésors dissimulés. Écœurés par ce pillage, les Rosenfeld partent pour Moscou. Bella se sent de moins en moins en sécurité. Quant à toi, ta nostalgie de Paris n'a jamais été aussi forte.

Lounatcharski, lui aussi, se rallie à l'Agitprop et te désavoue. Vous vous connaissez depuis si longtemps, tu croyais à son amitié et te sens trahi.

« Comment peut-on encenser *Carré noir sur fond blanc* comme s'il s'agissait du chef-d'œuvre ultime ? t'indignes-tu. On dirait une mauvaise blague faite à l'enchantement des couleurs ! Autant crier dans le désert. »

Rebuté, et même effrayé par cette radicalité et leur dangereuse recherche de pureté, tu refuses d'y soumettre tes élèves, de la même façon que tu es incapable de t'y soumettre toi-même. Ils piétinent ton rêve. Tu donnes ta démission.

Dès le lendemain, tu trouves sur la façade de l'école l'écriteau : Académie suprématiste. Malevitch et ses amis ont licencié tout le personnel enseignant de la faculté, éliminé tous les autres courants et se sont installés en vainqueurs. Ce qui te paraît alors une catastrophe vous sauve. Que seriez-vous devenus si vous étiez restés en Russie, dans la mâchoire de fer des Soviétiques ?

XIV

Le théâtre juif

Le 17 novembre 1919, tu envoies une lettre au camarade Ossip Brik, responsable du deuxième atelier libre de Moscou, pour lui demander de te confier « une classe de peinture ». Tu es disponible pour servir la Révolution à la mesure de tes « forces » et de tes « compétences », c'est-à-dire sans te renier ni renoncer à ta si chère liberté. Évidemment, personne ne te répond. Les portes se referment brutalement les unes après les autres. Après avoir été le héros de cette période, tu te retrouves mis au ban. Et, de fait, tu te sens en décalage complet avec le mouvement régnant de « production artistique ». Vous décidez quand même de partir pour Moscou.

Le théâtre national juif, le Gosekt, te propose un travail temporaire comme décorateur. Tu t'y consacres jour et nuit comme le possédé que tu es, t'enfermant dans le théâtre, dormant et mangeant sur place, où Bella est la seule admise à te rendre visite avec Idotchka. Tes peintures murales, composées avec une gouache bon marché et une tempera à base de chaux ou d'argile blanche, jettent les bases d'un nouveau style théâtral. Tu as peint sur des toiles faites de draps de lit cousus bord à bord, et tu les as accrochées ensuite en divers endroits sur les murs. Le résultat est un enchantement. Elles sont une étape majeure dans ton processus créatif, mais bien sûr les gens ne le comprennent pas à l'époque.

Le directeur du théâtre refuse de laisser son plateau ouvert pour que le public puisse venir profiter de tes œuvres. Pour lui et le metteur en scène, ces dernières servent de décor à sa pièce, leur fonction s'arrête là, elles ne doivent surtout pas éclipser l'essentiel : le jeu des acteurs et la distribution. Pour toi, en ces temps de questionnement où tu te sens isolé, elles sont ta vie même.

Tout ton amour pour Vitebsk a surgi sur ces toiles, ses maisons typiques, les contes de ton enfance, de même que les humiliations subies, les rigueurs d'un quotidien marqué par la faim et le froid, le tout sublimé dans une joyeuse comédie perpétrant la vie du *shtetl*. Tes fresques pour le théâtre juif sont un manifeste, ton hommage amoureux et anticipé à un monde en train de disparaître. La guerre civile a bouleversé vos existences, les pogroms ont détruit les *shtetl* et les petites cabanes.

La Révolution, finalement, n'aura été qu'un broyeur meurtrier pour les Juifs pris en étau entre les bolcheviks et les Russes blancs. Une fois votre vieux monde réduit en pièces, il ne restera que tes décors pour en témoigner. L'urgence, la frénésie avec laquelle tu t'es investi montre que tu le pressentais.

Quand le rideau décoré de chèvres se lève le soir de la première, Bella est dans la salle, le public n'en croit pas ses yeux, c'est prodigieux ! Les comédiens, maquillés et peints par tes soins, se confondent avec leur portrait figurant sur le panneau principal, et ils semblent s'en détacher. Des créatures de Chagall peuplent la scène. C'est inédit.

Il y aura plus de trois cents représentations, attirant un public varié, parmi lequel des Russes ne parlant pas un mot de yiddish, ce qui te comble de joie. Bientôt, il faut trouver un local plus grand pour accueillir le spectacle.

Pourtant, ce succès, ni le metteur en scène ni les acteurs ne le partagent avec toi. Ils te considèrent comme un artiste autoritaire, peu coopératif et qui n'entend rien au théâtre. Ils sont persuadés d'avoir réussi à monter leur spectacle à ton corps défendant et te mettent à l'écart. Pour couronner le tout, profitant du marasme révolutionnaire, ils négligent de payer ton travail. L'expérience te laisse un goût amer, bien que tu te sois surpassé.

Tu occupes ensuite un poste de professeur de dessin dans un orphelinat. Rétribué une misère, tu tentes d'apprendre les rudiments de ton art à des enfants pieds nus, traumatisés par les atrocités de la guerre civile, certains ayant vu leurs parents ou leurs frères tués, leurs mères violées, les carnages… Des âmes saccagées.

Quelle sera la prochaine étape ? La peinture en bâtiment, l'usine ? En ces temps agités, les gloires sont éphémères et les situations réversibles. Tu étais célébré comme un maître, et te voilà traité comme un minable. Bella frémit devant cette gigantesque machine à rabaisser qu'est le parti. La politique de l'égalité pour tous mène à un odieux nivellement par le bas. Lorsqu'elle t'en parle, tu te braques et refuses de débattre.

Cependant, il devient bientôt évident que vous n'avez plus d'autre issue que de quitter la Russie avant qu'il ne soit trop tard.

Dans ce paysage de ruines, Dieu te sourit, Dieu ne t'a pas oublié.

Un matin, tu reçois par la grâce du Saint-Esprit, car elle a été expédiée à votre ancienne adresse à Vitebsk, une lettre de Rubiner, un poète de tes amis, réfugié à Berlin. Il a appris que tu as survécu à la guerre et souhaite te revoir. Il t'écrit surtout que tu es désormais un artiste célèbre en Allemagne, où tes toiles se vendent très cher. Il regrette juste que ce soit Walden, devenu un véritable grippe-sou, qui en profite, car il doute que le marchand te reverse un pourcentage.

Sa lettre vous tire du noir, elle revient donner un sens à votre vie au moment où tu semblais perdu et t'indique la direction de Berlin. Dans un premier temps, tu ne peux partir que seul. Bella attendra à Moscou le feu vert pour te rejoindre avec Ida.

XV

La Tombe du père

Tu arrives à Berlin au cours de l'été 1922, avec dans tes bagages toutes tes œuvres russes, soit huit ans de travail. Tu n'as qu'une obsession : récupérer « ton trésor de guerre », comme Bella surnomme les toiles restées entre les mains de ton marchand allemand, et qu'elle n'a vues qu'en photographies. Elles te sont d'autant plus précieuses qu'elles sont rattachées à tes premiers grands succès.

Quelle n'est pas ta surprise lorsque tu te rends galerie Der Sturm ! Il n'y a presque plus aucun tableau de toi aux murs ou dans les sous-sols, Walden les a tous vendus et ils sont disséminés à travers le pays. Cela veut dire qu'il a organisé d'autres expositions à ton insu pendant et après la guerre, piochant à sa guise parmi les toiles que tu lui avais confiées. Cela veut dire que tu ne reverras plus jamais *Le Mort* ou *Ma Fiancée aux gants noirs*, ce premier tableau où tu as peint Bella avec les yeux de l'amour – elle avait alors quinze ans et toi vingt-deux, tu l'avais mise sur un piédestal comme une princesse inaccessible, et pourtant, déjà, elle ne rêvait que de toi. Tu ne reverras plus non plus tes toiles parisiennes d'inspiration cubiste, dont *Hommage à Apollinaire*, *Paris par la fenêtre*.

Au cas où tu serais en vie, Walden a déposé à ton attention une somme d'argent chez le notaire, te rassure-t-il. Mais avec l'inflation, et même l'hyper-inflation du mark, cette somme est grotesque et te permet à peine d'acheter une baguette de pain. C'est odieux, tu ne peux pas le supporter. La colère t'étouffe, tu bégaies, tu t'agites, lèves des poings véhéments vers le ciel, mais Walden te tient tête et refuse de te donner le nom des collectionneurs. Et qu'en est-il des tableaux *Dédié à ma fiancée*, *À la Russie, aux ânes et aux autres*, *Moi et le village*, *Le Marchand de bestiaux*, *Le Poète*, *Le soldat boit*, *La maison brûle* ? Qu'en a-t-il fait ? Tu trembles d'énervement, suspendu à ses lèvres, en attente de réponse. Walden hausse les épaules. Il les a revendus à sa riche épouse suédoise pour les mettre à l'abri de la police allemande, explique-t-il, non sans perfidie. Pour un peu, il faudrait que tu le remercies d'avoir bravement défendu ton travail malgré ta nationalité. Après tout, tu étais un peintre étranger en pays ennemi. Tu en restes coi. Épuisé, amaigri par la faim et les privations subies en Russie, toi qui as dû quitter ton pays, tu te demandes quel genre d'homme est ce Walden pour profiter ainsi du malheur des autres. Tu penses avec regret à Cendrars qui t'avait mis en garde contre sa rapacité.

En dépit de la défaite de son pays et de la crise économique qui le frappe, Walden mène dans son palais berlinois une vie de grand bourgeois, fréquentant d'autres collectionneurs ou artistes, aussi riches que lui. Certains de leurs murs sont ornés de tes toiles, quand tes habits sont encore imprégnés de l'odeur de la colonie de Malakhovka, de ces centaines d'orphelins en haillons et sans toit. Toi, tu es riche à l'intérieur et misérable à l'extérieur, un artiste condamné à l'exil, arraché à son pays, sorti du ghetto, sans autorisation de résidence nulle part, torturé par la faim. Ces privilégiés abusent de la situation, la rage te monte à la gorge.

Tu portes plainte contre Walden. En guise de dédommagement, il finit par te proposer un million de marks. C'est presque insultant, tu sais parfaitement que tes toiles se négocient autour de cent millions. Tu refuses. D'autant plus que, au rythme auquel s'affole le mark, demain elles vaudront bientôt trois cents, ou plus… Ces chiffres te donnent le vertige. Dans cette atmosphère fiévreuse de banqueroute, tu as l'impression de revivre le cauchemar des sombres heures de la révolution russe, toi qui ne t'es pas encore remis des souffrances et des humiliations subies à Pétrograd et à Moscou.

Le coup de grâce est donné par l'assassinat de Walter Rathenau, homme politique russe et juif, en plein meeting politique à Berlin, quelques mois après celui de Vladimir Nabokov père. Ce sont des signes de mauvais augure pour tous les Juifs russes réfugiés dans la ville, et ils sont nombreux. L'alarme cachée au fond de tes tripes recommence à sonner. Cette fois-ci, tu es paralysé, ta merveilleuse énergie t'a abandonné. Désemparé, tu appelles Bella au secours dans une lettre à fendre le cœur. Tu ne veux plus vivre loin d'elle et d'Ida, mais tu n'oses pas lui demander de te rejoindre, bien que tu imagines que là-bas aussi, à Moscou, la situation est dangereuse pour elles. On dirait qu'un fiel contagieux se propage en se moquant des frontières. Comme Vitebsk te manque soudain, ta terre interdite ! Tu n'iras plus te recueillir sur les tombes de ta mère, de ta sœur Rosine, de David. Tu ignores encore que ton père vient de les rejoindre, renversé par une auto. Bella préfère te le cacher pour l'instant, à quoi cela servirait-il de t'accabler davantage ?

Coincée à Moscou avec ses parents ruinés, malades, sa sœur, dont le mari a été assassiné, Bella survit dans une espèce de dortoir où ils s'entassent à cinq. Certaines nuits, des miliciens de la Tchéka traversent leur chambre à la recherche de personnes à arrêter. Les Rosenfeld vivent dans la terreur, et Bella est impuissante. Chacune de tes lettres l'affole un peu plus. Pourras-tu l'attendre jusqu'au milieu de l'automne ? Bella se réveille la nuit, t'invoque en vain : « Mon poète, ton âme flotte comme une bannière dans le vent. »

Enfin, au tout début de l'année 1923, Ida et Bella peuvent te rejoindre à Berlin où tu vis dans un appartement communautaire. Vous y retrouvez des amis, issus de l'intelligentsia d'Europe de l'Est, autour de Frida Rubiner, veuve depuis peu. Écrivains, peintres, poètes ou musiciens, ils ont comme vous trouvé refuge dans cette ville, et vous formez une véritable colonie.

Ta situation n'est pas aussi noire que tu la décrivais à Bella. Malgré l'hostilité entre les deux pays, tu n'es pas isolé du monde de l'art. Bien au contraire ! Tu réalises à la faveur de ces événements que votre appartenance à une nation tient au fil d'un décret, tandis que votre judéité, elle, est un socle commun immuable – ce qui vous sera suffisamment reproché. Et, dans le milieu intellectuel juif, il y a un certain engouement pour les peintres russes dont tu es l'étendard. Le succès de tes expositions, notamment celle à la galerie Der Sturm, te vaut même d'être reconnu comme un expressionniste en Allemagne.

Walden en profite et fait paraître un portfolio de tes œuvres en sa possession préfacé par un poème de Cendrars. Tu es exaspéré par tant d'opportunisme. Tu le traites d'hypocrite, de voleur. Bella tente de t'apaiser : « Tu ne te rends pas compte, cela signifie que personne ne t'a oublié ici. Le nom de Chagall y a acquis une résonance quasi mythique. Ta peinture a laissé une empreinte profonde. »

Tu rumines. Le projet de rédiger ton autobiographie naît.

« Ton autobiographie, mais pourquoi ? Tu n'es pas si vieux, ce n'est pas la fin ! »

Tu lui souris, un petit sourire gris, lèvres serrées.

« Un adieu à l'enfance, au pays, à ceux que je ne reverrai jamais, parce que la vérité est celle-là, ma Bella, nous n'y retournerons jamais.

– Ça, Dieu seul le sait », répond-elle en réprimant un sanglot.

Tu imagines un beau livre illustré, un objet de luxe. Tu vas voir Paul Cassirer, un marchand d'art rival de Walden, aussi élégant et posé que l'autre est outrancier. Tu le convaincs de t'aider à réaliser ce beau projet. Tu te méfies des marchands par principe, mais cet homme sensible et raffiné t'inspire confiance d'emblée.

De son côté, Bella s'occupe de la valorisation de tes œuvres et de ta position au sein de l'avant-garde berlinoise. Elle a la chance de parler un allemand fluide, ce qui l'auréole du statut d'étrangère exotique, élégante et, surtout, fréquentable. Dans cette Babylone moderne qu'est Berlin, lieu de rencontres de diverses cultures, de misère et d'extravagance, Bella se fait connaître comme la muse singulière et cosmopolite d'un artiste aux pouvoirs occultes. À la suite d'une exposition collective sur l'art russe contemporain, tes peintures créent la sensation, jettent le trouble.

Bella organise des dîners où elle convie vos amis et les amis de vos amis : elle entend élargir votre cercle, attirer des journalistes et des collectionneurs. Tu ne peins plus en ce moment ? Qu'à cela ne tienne ! Elle t'accompagne dans ton écriture en lisant à voix haute, et en musique parfois, des extraits de ton autobiographie, et ce sont autant de toiles de Chagall qui se déroulent sous leurs yeux. Cela entretient ta légende.

Tu profites de ces assemblées pour présenter un nouveau versant de ton travail : la gravure, technique très à la mode dans cette folle capitale. C'est ta façon à toi d'accueillir une culture étrangère, comme tu l'as déjà fait avec succès par le passé. Cassirer ne s'y trompe pas et te commande vingt gravures pour illustrer tes mémoires. En virtuose, tu parviens à maîtriser cette technique au point d'y exprimer des émotions personnelles intenses. Dans *La Tombe du père*, Khatshkel Shagal est étendu, raide comme une plaque de ciment, le visage doux d'un agneau endormi, entouré d'un buisson en fleurs, allongé à l'horizontale sous la pierre tombale verticale ornée d'une étoile de David.

Bientôt, ton nom est abondamment cité dans les journaux, les revues spécialisées, ta peinture est commentée par les meilleurs critiques. Celui qui te touche le plus est de Paul Landau, qui compare ton art à celui de Charlie Chaplin : « … Deux Juifs d'Europe orientale que la mélancolie et la peur du ghetto habitent, mélange de grâce vivante et de balourdise comique, d'ironie délibérée et de profonde pitié, de trouvailles originales et de plaisanteries naïves… » Oh, ton sourire émerveillé, le matin où tu lis ces mots à Bella ! Chaplin est peut-être le seul artiste avec qui tu pourrais t'entendre presque sans dire un mot !

Hélas, ton contentieux avec Walden à propos des tableaux que tu lui as laissés en 1914 ne s'arrange pas. D'une part parce que sa femme, désormais ex-femme, est partie en Suisse avec l'autre partie de la collection en règlement de leur divorce, d'autre part parce qu'il estime ne rien te devoir puisque c'est lui qui t'a fait connaître ici. Tes espoirs d'aboutir à une solution à l'amiable sont piétinés, tu décides de l'assigner devant la Cour d'appel. Le procès t'use les nerfs mais il était inévitable, tu ne peux renoncer à tes plus belles toiles. Pourtant, si le verdict oblige Walden à te livrer les noms des collectionneurs avec qui il a fait affaire sur ton dos et augmente l'indemnité qu'il te doit, il ne te rend aucune de tes toiles. C'est fini, elles ne t'appartiennent plus. Ce deuil t'est odieux, ce coup de poignard revient à dire adieu une deuxième fois à tes défunts, à tes souvenirs d'enfance, à tes années parisiennes. Tu te sens à nouveau rejeté. Cette décision a sur toi plus d'impact que les discours abjects de Hitler. Dans le dernier, pourtant, celui qui n'est pas encore le Führer s'en prend nommément à Paul Cassirer, ton nouveau marchand, l'accusant d'être un de ces Juifs millionnaires, suppôts de l'art moderne, qui dévoient le goût allemand.

Bella insiste pour que vous alliez en France. Oui, désormais c'est elle qui souhaite gagner ce pays tant étudié et fantasmé en cours de littérature, et qui lui apparaît comme le seul refuge possible. Toi, tu hésites, à Paris, tu ne connais plus qu'un collectionneur, et en dépit du revers que tu viens d'essuyer, le marché de l'art t'est bien plus profitable en Allemagne. La vérité, c'est que tu n'es plus en état de prendre la moindre décision. Abattu, tu te blottis dans les bras de Bella qui te suggère un séjour en sanatorium afin de recouvrer tes forces.

À ton retour, une divine surprise vous attend : une lettre de Blaise Cendrars, ton vieil ami, qui t'informe qu'un célèbre marchand français tient à te rencontrer.

« Vollard ! Bella, Vollard, te rends-tu compte ? Cet homme est une sommité ! »

Tu n'as plus qu'une impatience, retrouver ta chère lumière-liberté. Dans un premier temps, tu partiras seul, cette fois encore, le temps de trouver un logement convenable pour vous trois et de t'établir professionnellement.

Et si votre séparation durait plus que prévu ? Si elle devenait inéluctable ? Chacun y pense mais aucun de vous n'ose l'avouer. Des années de tumulte, de guerre, de difficultés financières, de déménagements à la cloche de bois, d'appartements communautaires et de chambres délabrées ont usé votre couple. Bien sûr, Bella t'est passionnément attachée, ressent jalousie et mélancolie dès que tu t'éloignes, mais Dieu, toute cette ardeur mise au seul profit de ton talent ! Parfois, Bella s'observe dans le miroir et se questionne : est-ce bien là ton désir, vivre dans l'ombre, sans eau ni lumière pour qu'éclosent tes propres fleurs ? Tu aimes ton mari et votre petite fille plus que tout, mais qu'est devenue l'insolente Bella qui voulait danser sur la lune, rivaliser avec le soleil, réciter des vers en public, écrire des romans ?

Elle souffre. En silence.

Le 1er septembre 1923, tu prends le train pour Paris. Bella t'accompagne à la gare. Sur le quai, tandis que tu la serres dans tes bras, les yeux tristes, ta figure blême comme le mouchoir qu'on agite un jour d'adieu, un sentiment nouveau l'agite : elle se sent légère, dégagée.

XVI

Les Âmes mortes

« Mon âme,

La vie à Berlin ressemble de plus en plus aux tableaux des expressionnistes, une cuve d'angoisses délirantes, aux couleurs violentes, aux traits acérés, où chacun, aspiré vers le fond, tente de ne pas se noyer. J'ai la responsabilité immense de protéger notre unique enfant, et celle, précieuse, de rapporter tes toiles à Paris.

Cassirer m'est d'une grande aide, et si j'arrive un jour à passer la frontière avec tes tableaux, ce sera grâce à lui. Comment peux-tu être jaloux et t'imaginer des choses ? Cet homme a tant de respect pour l'artiste que tu es ! La sollicitude dont il fait preuve à mon égard t'est destinée. Je réponds peu à tes lettres, c'est vrai, pardonne-moi, je suis épuisée et je ne veux pas rajouter de l'angoisse à l'angoisse.

Ta Bella »

Cette lettre du 12 octobre 1923, Bella n'a pas eu le temps de la poster. Le lendemain, deux hommes de Cassirer viennent enfin la chercher. Tes toiles ont été mises dans des caisses, leurs billets pris, elle n'a plus qu'à rassembler ses affaires et celles d'Idotchka. Ensuite, direction Paris !

Le voyage en train se passe sans le moindre heurt, comme si les difficultés s'aplatissaient au rythme des roues. À l'arrêt tant redouté à la frontière belge, la douane, montée dans le train, n'a pas voulu réveiller Bella. Elle n'a demandé l'ouverture d'aucune des dix caisses. Cassirer a sans aucun doute des relations en haut lieu.

Votre séparation aura duré presque six mois, une certaine appréhension étreint Bella tandis qu'elle se dirige vers l'adresse que tu lui as indiquée. Ida trottine à ses côtés, tout excitée à l'idée de retrouver son papa. Il pleut, les feuilles de marronniers tombées au sol rendent le trottoir glissant et les empêchent d'accélérer quand elles voudraient courir pour te rejoindre au plus vite.

Pendant votre séparation, tu as écrit jusqu'à deux lettres par jour, tu t'es montré jaloux, irritable, apeuré, effrayé et incapable de peindre. Mais ces mois d'épreuve, d'incertitude et de silence vous ont aussi rapprochés. Bella ne sait pas si tu as été prévenu de leur date d'arrivée. Elle imagine ta surprise, cela fait si longtemps que vous n'avez pas dansé…

Peu avant, et à quelques rues de là, tu as enfin trouvé le courage de te rendre à la Ruche, où tu n'avais plus remis les pieds depuis 1914. En quittant ton atelier, persuadé que ton absence ne durerait pas plus de trois mois, tu t'étais contenté de bloquer la porte avec une ficelle. Puis de confier l'endroit et les quelques toiles sur place à ton ami Mazin.

Le choc est terrible. La porte ouverte bat à tous les vents, ton atelier a été vidé de fond en comble. C'est une dévastation. Entre la dispersion de tes tableaux à Berlin et le pillage de la Ruche, il ne te reste presque rien du sel infiniment précieux de tes jeunes années parisiennes.

Fou de rage, tu vas demander des explications à la concierge, d'autant que tu t'es toujours débrouillé pour payer ton loyer. La grosse femme, derrière sa frange épaisse et grise lui cachant les yeux, marmonne des excuses et te raconte que « c'est la faute à Mazin » qui a occupé ton atelier durant la guerre. Il y a organisé des fêtes avec Modigliani et tous les autres traîne-savates. C'était un lieu de rendez-vous où l'on trouvait des filles et du vin chaud ! Ah ça, il s'en est passé des choses ici pendant que mes fils crevaient sur le front, elle grommelle, mauvaise. Au fil de son récit, tu comprends que Charles Malpel est venu se servir lui-même parmi les toiles, gouaches et dessins que tu avais choisi de ne pas emporter à Berlin, sans évidemment te prévenir ou te verser un sou. C'est la troisième fois que tu te fais dépouiller ! Tu gardes difficilement ton calme. La colère brouille ta vue, tu as besoin d'air.

Tu t'éloignes, vas faire un tour dans le jardin. Les autres ateliers sont vides aussi, ouverts au vent, leurs carreaux cassés, plus rien ne ressemble à avant. La Ruche dans son ensemble a été laissée à l'abandon. À la place des allées fleuries, autrefois entretenues par les résidents, il n'y a plus que de la terre inégalement tassée, sans arbres, sans végétation, sans joie. Parmi les habitués d'avant-guerre, ceux qui ne sont pas morts ont déménagé ou sont rentrés au pays. Outre quelques fantômes, dont il te semble voir les âmes errantes, il ne reste que Soutine, ce pauvre Soutine, dans son atelier infesté de punaises. Mais la roue vient de tourner pour lui aussi. Il t'apprend qu'il a vendu une centaine de ses toiles à un dénommé Barnes, un de ces millionnaires américains. Tu n'obtiens de lui que peu d'informations, il a toujours vécu à l'écart des autres. Cependant, il te confirme que Cendrars est venu plusieurs fois en compagnie de Malpel.

Ton ami vit toujours dans le quartier de Montparnasse. En dehors de Montmartre, le village des réfractaires, les autres quartiers sont complètement ignorés par la communauté des artistes. Vous avez évidemment repris le fil de votre relation depuis ton retour. Cendrars, bien qu'amputé de l'avant-bras droit, se porte à merveille. Il est auréolé de la gloire de ceux qui sont revenus de la Grande Guerre. À travers lui, la France célèbre sa victoire et pleure ses sacrifiés. On le connaît sous le sobriquet de « poète de la main gauche », car rien ne semble en mesure d'arrêter sa frénésie d'écriture.

Lorsque tu frappes à sa porte, tu le surprends en pleine répétition d'un ballet dont il a écrit le livret et confié les décors à Fernand Léger. Tu l'accuses de t'avoir menti et le soupçonnes même de t'avoir volé. Ce qu'il nie avec la plus grande fermeté. Les insultes volent et brisent votre amitié, la seule sur laquelle tu pensais pouvoir compter.

Bella arrive à l'hôtel Médical, situé face à un hôpital ainsi que son nom le laisse supposer, où se rassemblent des membres de la communauté russe, dont Diaghilev. Elle découvre alors un homme prostré sur son lit, dans une chambre cafardeuse. Tu lui avais parlé d'un atelier avec une grande terrasse d'où on embrasse toute la ville du regard, or elle ne voit qu'une pièce minuscule avec une lucarne ouvrant sur les toits et, au loin, le fameux lion de la place Denfert-Rochereau.

Tu esquisses péniblement un sourire, et, devant cet effort, elle comprend qu'il s'est passé quelque chose de grave. Ida, elle, se précipite dans tes bras, mais c'est elle qui te console plutôt que l'inverse.

Tu expliques la situation rapidement. Cela te coûte et ravive ton chagrin.

« Du cercle magique d'avant 1914, gravé dans *Hommage à Apollinaire*, il ne reste rien. Canudo et Apollinaire ne sont plus. Cendrars et Walden ont trahi ma confiance. Je n'ai plus de marchand et, de toute façon, ce sont tous des escrocs. Un destin à la Modigliani m'attend : la célébrité après la mort. Je crois qu'il est plus sage de repartir pour Berlin. Paris n'est plus Paris. »

Elle comprend ce que tu ressens mais ne partage ni ton avis ni ton abattement. Comment aurait-il pu en être autrement ? Comment imaginer que ton petit atelier fermé par une cordelette soit épargné par ces années de chahut mondial ? Et plus ta cote grimpait à l'étranger, plus tes toiles devenaient un butin facile pour ceux qui crevaient la faim ou que la guerre avait débarrassés de leurs derniers scrupules. Tu as traversé, vous avez traversé plusieurs enfers avant d'atteindre Paris, votre terre promise. Vous n'allez pas faire demi-tour. Les massacres et ravages de la guerre puis de la Révolution auxquels vous avez échappés ne sauraient se comparer aux années endeuillées qu'a connues Montparnasse depuis que tu l'as quitté. Il fera bon vivre ici. Des milliers de réfugiés continuent d'arriver chaque jour, la France demeure une terre d'accueil, c'est la patrie du pacifisme de Jaurès, de Zola et des droits de l'homme. Vous ne retournerez pas vers les pogroms. Tes amis, tous ceux dont tu as tellement parlé à Bella qu'elle a l'impression de les connaître, sont déjà repartis à toute allure dans la roue de cette ville la plus cosmopolite de la planète. Vous ne vous attendiez pas à trouver cette folie festive à Paris après ce que vous avez traversé. Eh bien, c'est pourtant vrai, vos amis dansent, eux ! Pas plus que toi ils ne sont français, pourtant ils sont profondément parisiens et poursuivent l'élan de ce qui formera l'École de Paris. Toi seul erres comme un spectre à la porte des Années folles.

Heureusement, dans cette épreuve, Dieu veille. Du désespoir surgit une lueur. L'infâme Coquiot, collectionneur et critique d'art réputé, à qui la vente illicite de tes toiles a le plus profité, publie un article louangeur sur ton travail. Ce qui a pour effet immédiat de te rappeler au bon souvenir de Vollard qui insiste à nouveau pour te rencontrer.

Avec sa rassurante corpulence de géant, son large front plat, son regard tour à tour suave, mélancolique ou enfantin, son air tantôt doux, rêveur ou hâbleur, tu es d'emblée séduit. Tu mesures ta chance, il a monté les premières expositions de Cézanne, de Matisse et de Picasso. Leo et Gertrude Stein, Albert Barnes sont parmi ses clients réguliers. Sa fortune lui permet de s'adonner à sa passion : l'édition de livres de luxe consacrés à des artistes comme Bonnard et Rouault.

Il t'a sollicité car il souhaite te confier les illustrations du *Général Dourakine*, de la comtesse de Ségur. Tu lui suggères plutôt *Les Âmes mortes* de l'immense Gogol, votre livre de chevet préféré. Ce qu'il accepte. Tu te lances aussitôt dans une série de gravures, cent sept au total. Cette commande tombe à point nommé, elle te remet le pied à l'étrier d'une technique que tu as perfectionnée à Berlin, et puis, grâce à ce projet, tu maintiens le lien viscéral avec la Russie en plus de vous garantir une sécurité financière temporaire.

Bella quant à elle s'active pour vous dénicher un lieu de vie plus spacieux. Ce n'est pas qu'une question de confort, elle sait que vous avez un besoin impérieux de recevoir pour exister. Elle organise un échange d'appartement avec Eugène Zak, un peintre juif polonais qui n'a plus les moyens de louer son grand appartement avec atelier attenant en pleine avenue d'Orléans, et voudrait louer une chambre au sein de la communauté de l'hôtel Médical.

Dans ce nouvel espace, elle peut enfin déballer ses livres et recueils de poésie, votre vie sociale recommence. Vous êtes une famille d'exilés, et pour cette raison, il vous faut redoubler d'efforts pour être acceptés, Bella en est intimement convaincue. Aussi fait-elle le sacrifice de sa chevelure et adopte la coupe courte à la garçonne qui fait fureur auprès des Parisiennes. Dire que, deux ans plus tôt, vous tâchiez de survivre dans un appartement communautaire humide en plein Moscou ravagé.

Un cercle d'artistes polyglottes, de poètes et d'hommes de lettres, de journalistes, de critiques, d'écrivains se forme bientôt autour de vous avenue d'Orléans. Les visiteurs ne s'annoncent pas et débarquent à toute heure, ainsi le temps reste fluide, et les surprises sont nombreuses. Bella reproduit ce qu'elle connaît : sa mère a toujours laissé la porte ouverte à tous. Tu t'y es habitué. Tu aimes que le monde vienne à toi, comme les vieux Juifs de Vitebsk qui s'installaient près de ton samovar. Un invité entre, Ida bondit, Bella apporte du thé et des gâteaux, et tu continues à taper sur tes planches de cuivre, concentré, imperturbable, c'est à peine si tu lèves la tête, à peine si ton rythme change. Le soir, à ceux qui sont restés, tu présentes tes nouvelles planches tandis que Bella et Ida miment les scènes ou que Bella fait la lecture de passages insolites du roman. Tu n'es pas le dernier à jouer, tu adores la pantomime et ne leur fais grâce d'aucune grimace.

Avec son humour tragique qui mêle le réel au fantastique, la satire au pathétique, le fatalisme à la gaieté, Gogol est l'écrivain russe dont tu te sens le plus proche. Vous vivez coupés de vos familles, votre existence les met en danger maintenant que vous êtes considérés comme « des dangereux dissidents passés à l'Ouest ». Tes sœurs doivent taire leur parenté avec toi, cet « artiste, traître à sa patrie ». La sœur de Bella, dévouée à ses parents, n'ose plus lui donner de leurs nouvelles. Pourtant, tu continues à réclamer l'impossible, tu veux être exposé là-bas. Tu ne peux pas te résoudre à savoir tes œuvres célébrées dans le monde alors que ton pays d'origine te refuse une exposition.

Vous avez été invités au mariage du fils de Michel Vinaver, ton bienfaiteur, réfugié à Paris lui aussi. La générosité de cette famille envers toi ne s'est jamais démentie, bien que vous ne partagiez pas leur nostalgie de la Russie impériale. La politique continue de séparer les gens, elle dessine des lignes dures en temps de guerre qui se retrouvent ici entre Russes blancs et rouges. Tu n'imaginais pas t'éloigner un jour de ton mécène, pourtant la confiance infinie que tu avais en cet homme s'est rompue. Le dialogue entre vous est devenu difficile. C'est un homme bon, mais il obéit à sa caste, même s'il est juif, par sa fortune il appartient au clan des Blancs, toi, tu as rompu avec les Rouges. Du sinistre régime des bolcheviks, il vous faut vous méfier jusqu'ici, certains parmi vos proches sont des espions à leur botte. Cela instaure un climat oppressant, tu te méfies de tes compatriotes et ne cesses de te tenir sur tes gardes.

Est-ce parce que l'appartement de l'avenue d'Orléans ne t'offre pas l'espace nécessaire ? Tu ne t'es toujours pas remis à la peinture à l'huile. Bella se met en quête de ton futur atelier, elle cherche un bel endroit à vivre où vous pourrez recevoir, et toi travailler tes grands formats en toute liberté. Son choix s'arrête sur une maison à Boulogne-sur-Seine qui offre le double d'espace pour le même prix.

Vous vous installez dans ce coin de campagne aux portes de Paris. Le quartier, ouvrier, est peuplé d'aristocrates russes en exil. Vos voisins sont les Ioussoupov, hier encore une des familles les plus riches de Russie. Ils vivent désormais de la vente des œuvres d'art qu'ils ont réussi à faire passer. Quand tu dois monnayer chacune de tes toiles, le prince cède au prix fort un des Rembrandt de son ancien palais de Saint-Pétersbourg, ce qui lui permet d'aménager son pavillon comme une authentique datcha tchékhovienne. Tu les trouves pathétiques. Heureusement, le voisinage vous apporte d'autres surprises.

Vous retrouvez dans les cafés du XVIe arrondissement, tout proche, des grandes figures de la culture russe prérévolutionnaire, des écrivains, des poètes, Marina Tsvetaïeva que Bella aime tant, des peintres, des compositeurs comme Stravinsky ou Diaghilev, qui ont déménagé rive droite. Ce dernier t'a offert une loge à l'année aux Ballets russes, où vous vous rendez très souvent. Ton opinion sur son travail ne s'est pas adoucie avec le temps : il ne livre au public français qu'une parodie d'exotisme russe, tout ce que tu veux éviter. Beaucoup de ces grands artistes restent prisonniers de leur passé et peinent à évoluer depuis leur départ de Russie. Et toi-même, Russe rouge exilé à la révolution ratée, toi dont les rêves d'avant-garde ont si mal tourné, où vas-tu ? Que fais-tu ?

Quand tu trouves enfin le courage de te remettre à la peinture à l'huile, c'est pour peindre à l'identique. Copiste de ton propre génie, tu recrées, d'après photo ou de mémoire, tes anciennes toiles d'inspiration judéo-russe. *Le Violoniste vert*, *Le Marchand de bestiaux*, *Moi et le village*, *Au-dessus de Vitebsk* renaissent sous tes pinceaux. Tu redonnes vie à ce dont tu as été dépossédé, à ce qui s'est évanoui à Berlin. Tu veux rendre à ton âme ce qu'ils lui ont dérobé, tu as besoin de ce recul pour t'élancer.

Inquiète de te voir tomber dans l'écueil de la nostalgie que tu reproches à tes pairs, Bella met du temps à comprendre ta démarche.

Quelques mois plus tard, vous partez en excursion autour de Paris dans la campagne française, si différente de la russe en raison de la douceur dorée de sa lumière, affirmes-tu. En famille, vous foulez le sol sableux de la forêt de Fontainebleau. Un paysage d'arbres secs, des allées poussiéreuses au tracé rectiligne, un groupe de rochers plats et gris qui s'annonce comme le but de la promenade. Bella imagine que cette forêt sage, domestiquée, a été créée pour recevoir les chasses à courre des rois. Elle repense aux forêts de bouleaux de son enfance, aux sapins denses et odorants, à la présence menaçante des ours sauvages, à tous ces mystères qui vous ont bercés, à tous ces paradis perdus. Ida, dans sa petite robe blanche, balance ses nattes brunes en sautillant de rocher en rocher. Tu t'extasies devant les allées de lumière que projette le soleil en rebondissant d'un tronc à l'autre. Bella semble lointaine tandis que vous quittez la lisière pour vous diriger, le long des champs paisibles, vers Barbizon. Vos forêts russes lui paraissent tellement plus belles. Devant son air maussade, tu insistes.

« Nous sommes sur les traces de Millet et Cézanne, Bella! Quand tu découvriras leurs tableaux au Louvre, tu comprendras. Fais-moi confiance. C'est important pour moi de m'imprégner des lieux qui ont inspiré les plus grands peintres français. »

Bella, à cet instant, se fiche de ce pèlerinage. À quoi bon ? Elle propose une halte sur la terrasse d'un café avant de rejoindre le château et son jardin à la française par le tramway de Fontainebleau.

Mais c'est non loin d'Auvers-sur-Oise, là où séjourna Van Gogh, que vous passerez le plus clair de votre temps. Vos amis, les Delaunay, y louent une propriété. Avec son toit pointu, ses fenêtres allongées ou arrondies, leur maison en pierre de meule et brique est typique du style Belle Époque. Et leur jardin, avec son herbe drue, ses chênes, ses massifs bien taillés et son coin japonais, est un havre de paix. Vous les y rejoignez chaque fin de semaine.

Fréquenter Robert et Sonia Delaunay ainsi qu'Yvan et Claire Goll t'apporte un grand réconfort. Ils sont ton port d'attache, ta petite Russie. Sonia et Claire impressionnent Bella : elles ont en commun d'être libres, fortes et ambitieuses. Être mère n'est pas leur priorité, ni le socle de leur identité. Leur liberté conquise a l'allure de ces voitures splendides qu'elles conduisent, cigarette aux lèvres, filant à grande vitesse sur les chemins de campagne. Claire Goll a toutes les audaces. Rien ne lui fait peur et personne ne doit faire obstacle à ses désirs. Yvan élève la fille qu'elle a eue d'un premier lit. Elle s'est mariée avec lui peu après avoir vécu une folle passion avec Rainer Maria Rilke, avec qui elle est toujours amie. Elle cultive des airs de femme fatale, excentrique et frivole, et vient de publier un premier recueil. Sonia Delaunay, aussi solaire que Claire est glaciale, est une travailleuse acharnée. Elle expose ses œuvres au Salon d'art décoratif et fait l'admiration de Robert, avec qui elle forme un couple très uni, soudé par leur passion commune pour la peinture. Elles sont deux grandes mondaines, rompues à l'art de la promotion. En comparaison, Bella se sent bien timide et traditionnelle, bien fragile aussi. Leurs malheurs d'exilées leur ont tanné le cuir quand ils ont usé le sien. L'adieu à ses parents a été brutal. Et son père vient de mourir sans qu'elle ait pu lui dire au revoir. Elle n'a presque plus aucun des siens. Ils sont ses fantômes, elle se blâme pour son absence dont elle se juge seule coupable. Est-ce précisément cette culpabilité qui l'empêche de s'affirmer ? D'exprimer ce qu'elle sait posséder de talent ?

Tu as choisi d'illustrer les poèmes d'amour de Claire tandis que ta propre femme n'ose même pas te montrer ceux qu'elle écrit la nuit, dans le secret de son âme, et qui ne lui paraissent jamais assez bons. À force de silences et d'abnégation, Bella tombe malade. Une opération d'urgence pour une appendicite. Ce ne serait pas grave si ce n'était le début d'un long corps à corps douloureux avec sa frustration. Claire et Sonia ont choisi d'exister en dehors de leur mari, Bella ne parvient à vivre qu'à travers lui. Elle est ta première critique, ton égérie, ta muse, ton impresario et même, à t'entendre, la « co-inspiratrice » de tes œuvres, quand il s'agit juste de reconnaître le bienfait de son amour sur ton art. Elle devrait se réjouir et surtout se contenter de ce statut d'influence dans l'ombre large que produit ta lumière. Mais elle y a pris froid, elle grelotte, tandis que ta passion, le feu de la peinture, te dévore et la menace.

7 mai 2014

JE N'AI PAS EU LE CHOIX, tu m'as donné rendez-vous devant tes tableaux à Beaubourg. Sept de tes plus belles toiles – puisque c'est ton chiffre, ton sceau – sont réunies dans une salle qui t'est dédiée, tandis que Sonia et Robert Delaunay se partagent avec d'autres de tes contemporains celle d'à-côté. C'est une reconnaissance de ta valeur unique au regard de la postérité, un avant-goût d'éternité.

Dans la pièce ronde et blanche, tes peintures m'encerclent et me donnent le tournis. Ce sont à mes yeux celles de ta meilleure période, les années magiques, les années Bella, et j'ai le cœur serré en pensant à tous les autres tableaux dispersés, volés, perdus à jamais. *Double portrait au verre de vin* fait partie de la collection permanente du musée Beaubourg. C'est le jour de vos noces, vous vous ressemblez comme deux jumeaux, vos corps unis dans un même mouvement. Tu ne pèses pas sur les épaules de Bella, tu y es juché, tel un oiseau. L'image m'enchante, je me sens conviée à la danse… Dans ta veste pourpre, joyeux, enfantin, ivre d'amour et d'alcool, tu trinques avec les anges. Ton verre de vin à la main, tu fais le lien entre le ciel et la terre, tu attires Bella vers le haut tandis qu'elle marche sur l'eau. Ton regard l'éclaire, la porte vers les cieux.

Ton âme vibre la joie, l'amour, et moi, face à ce spectacle, je me confonds avec elle, Bella.

En sortant du musée, je suis les petites ruelles qui s'enfoncent vers le Marais, les pavés sont brûlants à travers mes sandales, on dirait les galets d'une plage au soleil. Je vais m'arrêter là, sous la tonnelle, m'installer sur un tabouret et commander à boire.

« Vous avez du papier et un crayon ? S'il vous plaît. »

Le garçon de café allait me répondre non, et puis quelque chose dans mon regard a dû le faire changer d'avis. Je suis attablée à L'Âne Vert, rue Vieille-du-Temple, l'endroit parfait pour t'écrire.

« Tu es là, occupant mes pensées à chaque instant, tu m'habites. Un amour imaginaire ? Tant pis, c'est si bon ! Un feu s'est ravivé en moi, une énergie extraordinaire qui me fait grandir, me porte littéralement. Ton regard sur le monde, ta sensibilité me font planer. J'apprends à ton contact, j'apprends la joie, l'amour, le sens donné à la vie, j'apprends surtout à l'aimer dans ses mystères. Que d'épreuves tu as traversées, que d'obstacles surmontés grâce à ta foi inébranlable en ton art ! Même si tout cela n'est qu'un rêve, l'échange avec toi m'enrichit plus intérieurement qu'une réalité souvent médiocre. Le miracle pour moi, c'est notre rencontre, qui m'a sauvée ! Je ne veux plus me contenter de peu, mais viser l'intensité, la rareté. Ce n'est pas me résigner, c'est vivre, c'est aimer, et c'est aimer vivre... Ce n'est pas rien, d'aimer la vie... »

Je repose le stylo, songeuse. Et si je me trompais moi-même ? Si je me cachais derrière ce prétexte pour sortir de la réalité et tourner le dos à ma vie ? Depuis ce coup de foudre pour Chagall, je ne vois quasiment plus mes amis et je n'ai passé aucun casting. C'est comme si je m'endormais dans cette vie-là pour mieux rêver à l'autre.

J'ai froid soudain, malgré la chaleur de cet été précoce, et demande au garçon un chocolat chaud. J'ouvre au hasard le petit recueil des portraits de Bella par Chagall que je viens d'acheter à la librairie du musée, et je lis : « Son silence est le mien. Ses yeux, les miens. C'est comme si elle me connaissait depuis longtemps, comme si elle savait tout de mon enfance, de mon présent, de mon avenir ; comme si elle veillait sur moi, me devinant du plus près, bien que je la voie pour la première fois. Je sentis que c'était elle ma femme. Son teint pâle, ses yeux. Comme ils sont grands, ronds et noirs ! Ce sont mes yeux, mon âme. Je suis entré dans une maison nouvelle, et j'en suis inséparable.* »

Sous les traits de son pinceau, j'ai la sensation que c'est mon âme qu'il met à nu, que c'est mon portrait qu'il a peint. J'éprouve un sentiment de gratitude infini. Je souris, béate, aimée ou dans l'illusion d'être aimée, peu m'importe, je m'offre mon plus grand rôle. Je ferme les yeux, les images viennent, je vois Bella, je me sens Bella, je suis Bella, je me souviens…

« Ne refais pas les mêmes erreurs, Bella. Réveille-toi avant qu'il ne soit trop tard ! Travaille tes dons. Travaille comme un jardinier bêche sa terre, travaille tous les jours que Dieu fait, travaille, c'est ton combat contre la solitude, contre l'ombre et tes démons. Plus tu seras toi-même, plus tu oseras suivre ton désir, incarner l'énergie divine qui est en toi, et plus tu seras un phare pour les autres. Autrefois, il fallait être une force de la nature comme Sonia Delaunay pour surmonter le handicap d'être une femme et faire entendre sa voix dans un monde dominé par les hommes, et réservé aux hommes. Et encore, Sonia a peiné à exister en dehors de son mari, quelle

* Cité dans *Ma vie*, autobiographie de Marc Chagall, Éditions Stock, 1993.

injustice ! Toi, tu veux faire un film, fais-le ! Tu veux jouer Bella, écris ce rôle à ta mesure. Aie confiance en toi, c'est ça, croire en Dieu… Tu es une grande actrice, ne renonce pas, continue à écrire Bella, à t'exprimer, à témoigner. Je serai l'eau qui arrose la fleur, je t'aiderai. »

Ma vraie vie est ici.
Ma vraie vie est ailleurs.
Je suis la Bella d'hier et d'aujourd'hui.
Je te suis.

XVII

Les Fables

AU MOIS BÉNI DES COQUELICOTS et des cerises, la vie nous fait une surprise. Le voyage avec nos amis sur les bords de la Manche en Normandie ne se passe pas tout à fait comme prévu : les Goll sont obligés de rentrer à Paris et les Delaunay renoncent à nous rejoindre. Qu'à cela ne tienne, enivré par la splendeur des bords de mer qui nuancent peu à peu la palette de tes bleus, tu décides que nous poursuivrons le long des côtes de la Bretagne. Et nous embarquons pour une île dont nous rêvons, une île à la mode chez nos amis les plus raffinés, Bréhat.

À peine sommes-nous arrivés que tu installes ton chevalet face à la fenêtre de notre chambre, située à l'étage de l'hôtel de la Maison du Corsaire. Tu es venu pour peindre. Il faut dire que la vue sur les champs, la côte, le sentier zigzaguant entre le bleu et le vert, et surtout le phare juché sur son promontoire de granit rose au milieu de la mer opaline, est à couper le souffle. C'est en vain que j'essaie de te convaincre de nous accompagner à la plage tandis que j'aide Ida à enfiler son maillot.

Ces bains de mer sont un régal, une récompense même, l'iode régénère chacune de mes cellules. Dans l'eau fraîche où je barbote avec notre fille, des images de ma propre mère me reviennent, quand elle m'emmenait aux thermes de Vitebsk deux fois par semaine, un rituel que j'adorais. Je la sens à mes côtés, présence enveloppante et invisible, elle a alors abandonné tout jugement à mon égard. Lorsque je parle à Ida de sa grand-mère, au sourire qu'elle me renvoie, je vois la longue lignée de femmes à laquelle nous appartenons. Elle me rend fière.

Pour découvrir l'île minuscule, j'ai loué un vélo. Ida sur le porte-bagages, nous allons de ferme en ferme, cédant de temps à autre à l'appel de la plage et à une pause bronzage, nouvelle pratique à la mode. Lorsque nous rentrons, tu n'as pas bougé de la fenêtre, d'ailleurs tu n'en bougeras pas de tout le séjour, le châssis servant de cadre à ce paysage que tu intériorises touche après touche. Parfois, tu demandes à Ida de venir poser. Elle vient alors s'asseoir sur le rebord de la fenêtre, près d'un vase de fleurs, et tourne son regard vers l'horizon.

Tu rapporteras deux toiles de notre séjour, deux toiles sereines et harmonieuses, témoins de cette parenthèse hors du temps. *Fenêtre avec vue sur l'île de Bréhat* et *Ida à la fenêtre*. Leurs textures subtiles et leurs tonalités délicates – bleus crayeux, verts émeraude et gris sombres – révèlent cette connivence, appelée de tes vœux, avec la campagne française. Loin de notre Russie saccagée, loin d'obéir à ceux qui intiment aux artistes d'être le bras armé d'idéaux politiques, tu laisses éclater ta sensibilité, ta douceur, ton émerveillement et ta reconnaissance infinie devant la puissance de la nature. Ces deux tableaux en annoncent d'autres qui t'inscriront dans la lignée de Bonnard ou de Monet. Ils sont moins surnaturels et fantastiques, mais, avec courage et détermination, tu cherches à renouveler ton langage. Ainsi, tu t'inscris dans le retour à l'ordre et à la figuration qui caractérise l'art français de ces années-là.

Je comprends ta démarche, et l'approuve. Ce qui n'est pas le cas des surréalistes, André Breton en tête, qui ont décidé, reprenant le mot d'Apollinaire « Surnaturel ! » devant tes peintures d'avant-guerre, de t'adouber et même de te reconnaître comme un précurseur. Mais pour toi, il n'en est pas question. Tu gardes farouchement tes distances avec leur mouvement. Tu ne crois pas à l'écriture ou au dessin automatiques. Ce courant qui prône des créations « issues de l'inconscient en dehors de toutes préoccupations esthétiques ou morales » ne répond pas à ta conception de l'art, tu le méprises même un peu.

« Encore un manifeste dangereux qui bride le talent et remet en cause la maîtrise technique. Encore un dogme stérile ! »

Malgré tes efforts, ta nature profondément indépendante, originale et solitaire fait de toi un personnage à part et souvent incompris dans le Paris de 1924.

À l'été, une chaleur suffocante s'abat sur la capitale, nous prenons nos quartiers chez les Delaunay. Nous passons des heures alanguis à l'ombre des grands arbres du jardin, à refaire le monde, à converser, je retrouve le plaisir d'échanger avec Sonia dans notre langue maternelle dès que Robert s'absente à la cave avec son fils pour écouter des disques de jazz. Une grande amitié te lie toi aussi à Sonia depuis des années, pourtant vous ne parvenez pas à aborder ensemble le sujet qui vous tient le plus à cœur : la peinture. Tu ne comprends pas que Sonia s'intéresse de plus en plus à la production de tissus à motifs pour l'industrie textile, ni l'évolution de sa peinture, ainsi que celle de Robert, vers une dimension décorative, utilitaire.

Un matin de bonne heure, Robert me donne rendez-vous à son atelier où je me prête volontiers à l'exercice de la pose. Robert est d'un commerce agréable, bien élevé, il a les manières de la grande bourgeoisie dont il est issu, et cela a tout de suite créé une connivence entre nous. Le portrait qui découle de cette séance reprend sa technique des grands cercles colorés à laquelle Apollinaire a donné le nom puissant d'« orphisme ». On y retrouve aussi l'influence du grand mouvement Art déco qui semble désormais imprégner chaque nouvelle production. Rien de neuf sous le soleil, c'est plutôt superficiel, mais le tableau est agréable et joli. Je n'imaginais pas qu'il déclencherait pareille panique chez toi.

Nos amis, Dieu merci, n'en ont rien su, ou ils ont eu l'élégance de nous le faire croire, mais sitôt que Robert t'a montré le tableau, tu t'es mué en persécuteur. Fini les pauses détentes en compagnie de l'adorable Sonia, je dois te consacrer de longues heures sans bouger, confinée dans notre chambre, rideau tiré, vêtue de noir. Penché sur ta toile, sans dire un mot pendant des heures, tellement concentré que tu sembles en transe, tu me jettes de temps à autre des regards furieux. Ta volonté de surpasser ton ami et rival français l'emporte sur tout. Il n'entre plus aucun amour dans ton attitude à mon égard, juste le pouvoir d'un petit dieu, l'ivresse de la possession. C'est la première fois que je pose pour toi sans aucune joie. J'étais ton égérie de mon plein gré, me voilà devenue ta chose. Il en sortira un portrait de moi mélancolique, austère et solennel, aux traits solides, à l'exécution classique, aux couleurs aussi sombres qu'elles sont gaies et lumineuses dans le tableau de Robert. *Bella à l'œillet* est en tous points opposé au tableau de Delaunay, même si on y reconnaît également l'influence Art déco. Comme à chaque fois que tu es confronté à un mouvement artistique majeur, tu commences par le rejeter pour mieux te l'approprier. Je reconnais ta virtuosité, mais jamais tu ne pourras me faire aimer cette toile.

Pourtant, cette toile te porte chance. Elle est tellement « convenable », tellement dans l'air du temps, qu'elle t'offre la reconnaissance du public français. « Une œuvre souveraine », écrit même l'un des critiques les plus redoutés du moment. La vie n'en a pas fini avec son ironie.

À l'automne survient l'événement que tu attendais. Pierre Matisse, le fils du maître, te propose d'organiser ta première exposition personnelle en France, à la galerie Barbazanges. D'un commun accord, vous choisissez le mois de décembre 1924. Picasso, Derain, Segonzac, Vlaminck, le grand Matisse lui-même, ils sont tous là lors du vernissage, et tu n'en es pas peu fier.

Hélas, les louanges sont loin d'être unanimes. Les œuvres présentées dans leur grande majorité datent de la période russe et ne flattent pas le goût du public français. C'est un choix délibéré et courageux de la part du jeune marchand Pierre Matisse. Il tient à te faire reconnaître et apprécier en France pour ce que tu es. Il trouve en moi une indéfectible alliée. Évidemment, tu es abattu, comme toujours trop sensible aux mauvaises critiques, et j'ai beau jeu de te supplier de les ignorer. L'échec de l'exposition coûte sa place à Pierre Matisse, qui part sans regret s'exiler à New York.

Ton exposition se déplace en Allemagne, où tes toiles russes remportent un franc succès. *Le Juif en prière* apparaît au public de Cologne comme l'œuvre phare d'un nouvel art. Tu dois bien l'admettre, à Paris, ton travail est majoritairement salué par ces migrants magnifiques venus d'horizons lointains, prêts à embrasser la culture française pour mieux la féconder de leurs propres rêves de déracinés : cette École de Paris, qu'une guerre, même mondiale, n'a pas stoppé dans son élan vers la capitale. Cela ne peut te contenter. Contrairement à eux, tu oscilles entre deux cultures, irrésolu, et ce qui a tellement nourri ta première période parisienne entrave à présent ton évolution artistique. Je ne crains pas de te le dire.

« Est-ce que Picasso a cherché à être reconnu en tant que peintre français ? Qui se préoccupe de la nationalité d'un grand peintre ?

– Des journalistes m'ont reproché d'être un hôte indésirable, dois-je te le rappeler ? Il paraît que mon imagination et mon tempérament m'interdisent la rigueur de la composition latine ! C'est faux, et je veux leur prouver.

– Pourquoi les écouter ? Reviens à l'essence de ton art. Il sera toujours trop lyrique, extravagant, ou romanesque, il fera peur à certains mais il fera date. Pense aux conseils du grand Pouchkine : "Ne point rendre compte, servir soi seul et ne complaire qu'à soi." Pour toi, la consécration serait de figurer dans l'*Anthologie de la peinture française* de Maurice Raynal ! Quelle erreur ! »

À mon grand désarroi, ce dernier finira par te l'accorder, prolongeant ainsi le malentendu.

Peu de temps après, tu remets à Vollard tes gravures pour *Les Âmes mortes*. Compte tenu de la lenteur légendaire de l'éditeur, le livre ne risque pas de paraître avant quelques années, cela signifie un long adieu à Gogol et à la Russie qui risque de creuser en toi un nouveau gouffre. Je le redoute, mais je n'ai pas eu l'occasion d'en discuter avec ton marchand. Pourtant, il agit comme s'il t'avait deviné. Cet homme, un géant à mes yeux, est doué d'une empathie pour ses artistes qui confine au sixième sens. Il te soumet instantanément deux autres travaux d'illustrations, et je rends grâce à son intuition imparable. Il te propose deux projets aussi audacieux qu'ambitieux : la Bible et *Les Fables* de La Fontaine.

Tu t'empares avec enthousiasme des *Fables*, d'autant plus que par certains aspects tu y retrouves l'esprit satirique et le sens des saynètes qui te plaisent tellement dans *Les Âmes mortes*. Depuis toujours tu aimes peindre les animaux, depuis toujours tu leur donnes la parole, les hissant au même rang que les hommes, ou même parfois à celui de divinités, et c'est ce qui te confère toute légitimité pour t'attaquer à ce monument des lettres classiques françaises.

« Bella, je suis venu ici avec de la terre aux pointes de mes souliers, c'est si long pour que cette terre sèche et tombe. »

La Bible attendra, comme s'il était encore trop tôt pour replonger dans tes racines juives, et par là-même dans la culture de nos parents.

L'illustration des *Fables* de La Fontaine agit sur toi comme un révélateur en questionnant ton rapport ambigu à la laïcité de ton pays d'adoption et à ses mœurs relâchées qui souvent nous choquent. Vollard, « celui qui vole haut » comme tu as l'habitude de dire, a visé juste, *Les Fables* vont t'apporter l'ouverture d'esprit si chère au grand maître des lettres, et te permettre de te fondre davantage dans la culture française.

En revanche, dès que la nouvelle se répand qu'un artiste judéo-russe prétend s'attaquer au chef-d'œuvre du Grand Siècle, cela en agace plus d'un. La presse française crie au scandale et dénonce ce choix. Vollard, en tant que commanditaire, est obligé de se fendre d'un droit de réponse et de rappeler que La Fontaine lui-même s'est inspiré de sources orientales, notamment Ésope, ce qui fait de toi l'illustrateur idéal, car ton « esthétique est toute proche, en un sens apparentée, à celle de La Fontaine, à la fois dense et subtile, réaliste et fantastique ». Cet homme, plus mystique que marchand, ce demi-dieu à tes yeux, vient de te réitérer publiquement sa confiance et t'encourage à t'exprimer en toute liberté.

Tu commences les illustrations de La Fontaine, porté par les ailes grandes ouvertes de Vollard et dans un excellent état d'esprit. La gloire n'a jamais été aussi proche. Cette fois, tu tends les mains et tu vas l'attraper pour de bon, je le sais, je le sens.

Grâce à ce travail, tu renoues par un biais détourné avec l'idéal hassidique d'une profonde harmonie entre les animaux et les hommes. Tu retrouves ces animaux anthropomorphes auxquels toi, le gamin bègue et chétif de Vitebsk, tu t'es si longtemps identifié. L'explosion des couleurs, après le noir et blanc des *Âmes mortes*, traduit une joie sereine, une harmonie qui rend justice au fabuliste. Tu parviens à traduire la vibrante évocation de la folie, de la vanité et de la ruse en faisant délibérément l'impasse sur le caractère moraliste des textes, persuadé de leur ironie.

Je te lis les fables à voix haute, encore et encore, je les psalmodie tantôt en russe, tantôt en français. Je les déclame à ta demande pour en souligner le caractère théâtral, ou les murmure à ton oreille comme une berceuse à l'enfant avant de dormir. Chaque fois, tu m'arrêtes avant la petite leçon de moralité.

« Cela, ce n'est pas pour moi, ni pour toi, ma Bella, c'est pour le roi, l'Église, la Cour, les fats… » et tu pars d'un grand éclat de rire complice jeté à travers les siècles.

Cette communion joyeuse avec La Fontaine me donne le sentiment que tu te sens enfin chez toi. Les textures de tes gouaches, subtiles et douces, traduisent à merveille la tendresse et l'empathie que tu ressens pour le génial écrivain.

Le propre du bonheur est qu'il nous fait entrer dans un cycle vertueux, et l'année 1926, bien qu'endeuillée par le suicide de notre ami Paul Cassirer, s'achève heureuse. Ton extraordinaire implication dans l'illustration des *Fables* et le soutien financier indéfectible de Vollard sont un gage de la reconnaissance que tu espères. Comme pour *Les Âmes mortes*, ton commanditaire choisit de revendre tes toiles à la galerie Bernheim au fur à mesure, repoussant à plus tard la difficulté de les éditer. Leur succès est immédiat : elles sont toutes vendues à peine exposées.

Une autre surprise nous arrive d'une lettre en provenance de Berlin. Après une interminable correspondance entre avocats, Nell Walden, l'ex-femme du marchand crapuleux, nous annonce qu'elle accepte de te restituer plusieurs de tes tableaux en guise de dédommagement. Ces toiles d'avant 1914, avec leurs couleurs violentes, leur dimension cubiste, à qui leur rareté confère encore plus de valeur, suscitent tout de suite un vif engouement. Je me charge des négociations et j'obtiens des collectionneurs qu'ils nous paient en dollars. La vente du tableau *Le Poète*, qui représentait Mazin, nous rapporte beaucoup d'argent, et tu y vois une manifestation de la justice divine.

Ta cote ne cesse de grimper. Katia Granoff organise à Paris une exposition de tes toiles les plus récentes. Là aussi, c'est un franc succès. Ta signature a juste le temps de sécher que le cadre est décroché et vendu. Non seulement des collectionneurs de l'Europe entière nous sollicitent pour acquérir un Chagall, mais la galerie Reinhardt dans la 5e avenue à New York t'offre une exposition personnelle sur le sol américain. À la fin de l'année, tu te laisses séduire par la prestigieuse galerie Bernheim-Jeune, qui représente Renoir, Cézanne, Monet, Matisse, et tu signes un contrat avec eux.

À trente-neuf ans, tu accèdes enfin à la sécurité financière. Pour les années à venir, nous pouvons imaginer un confort de vie inenvisageable quelques années plus tôt, quand nous luttions pour survivre à Moscou. Hélas, cela ne suffit pas à dissiper tes angoisses.

XVIII

Les Amoureux au lilas

NOTRE BONHEUR EST À L'IMAGE de ces fleurs que tu peins par dizaines et qui envahissent tes toiles, tes rêves et ton atelier. Pivoines, lys, violettes. Ces compositions florales, pourpres, roses ou blanches, éclatent de joie et sont fragiles, comme nos heures pleines et suspendues.

Pour éprouver les paysages de Cézanne que tu admires tant et nous rapprocher de la lumière qui baigne les nus de Bonnard, nous acceptons l'invitation de la fille de Matisse au Mourillon, un petit village de pêcheurs non loin du grand port de Toulon. À nous la Côte d'Azur !

Comme tant d'autres peintres avant toi, tu es saisi par la luminosité unique du ciel reflétant son bleu électrique sur la mer, envoûté par la profusion et la diversité de la végétation, le camaïeu des verts, par la beauté de l'arrière-pays provençal avec ses collines rondes chauffées par le soleil, ses vignes, ses champs de lavande et ses hectares d'oliviers. À pas de loup, tu avances en territoire inconnu et ne te mets pas tout de suite derrière ton chevalet pour restituer cet environnement enchanteur. Tu veux commencer par des natures mortes, mais ce sont ces fleurs aux proportions gigantesques, aux couleurs pures, denses, saturées par la lumière crue de ce nouveau pays qui surgissent de ton pinceau.

Dans *Bella à Mourillon*, tu me représentes près d'un énorme bouquet aux tons bleus, ta couleur préférée, inspirés de ce bleu si particulier à la Méditerranée. Avec ma coupe à la garçonne et mon bandeau sur le front, on me croirait plongée en méditation ou absorbée dans la lecture d'un livre. Dans la petite chambre où je tiens la pose devant la fenêtre ouverte, enveloppée par la clarté du ciel et de la mer, je ris sous cape de notre complicité retrouvée. Tu me dis que, sans moi, tu n'aurais jamais peint un seul tableau. C'est faux, évidemment, tu mens, ils seraient juste différents. Peu m'importe, ces mots témoignent de notre fusion amoureuse, de notre intimité à nouveau sereine. Mon tableau préféré est celui où, tout de noir vêtu, allongé à mes côtés, tu m'étreins dévêtue, mes seins offerts au clair d'une double pleine lune, nos corps enlacés dans le creux moelleux d'un énorme bouquet qui remplit toute la toile. Incongru et érotique, *Les Amoureux au lilas* est une toile à part dans ta période des fleurs. Plus personnel, il ne cède en rien à l'esprit du temps, ce qui le distingue des autres tableaux, plus décoratifs, plus légers.

Dans ces années douces de reconnaissance et de succès, ton pinceau batifole, s'amuse, ornemente, suivant l'esprit raffiné de ces heures luxueuses, oisives et voluptueuses que nous offre cette nouvelle terre d'élection des artistes renommés. Les autres grands peintres de l'École de Paris qui ont rejoint les lieux sont tous atteints du même syndrome. Matisse s'égare avec ses Odalisques. Picasso peint un portrait sage et même classique d'Olga, sa femme, ou de son fils en costume d'arlequin, et Derain, dont nous avions tellement admiré la période fauve, régresse vers le naturalisme. Quant à

Delaunay, à voir ses tableaux, il vieillit et ressasse ses acquis, à dire vrai il se porte à merveille et vit dans une insouciance remarquable. Tant de douceur lénifiante fait que nous fuyons bientôt la trop mondaine Méditerranée.

Ma santé délicate nous conduit à à Châtel-Guyon, une ville thermale désuète et Belle Époque du XIXe siècle où je dois aller prendre les eaux sur recommandation du médecin. Loin du grand hôtel, avec son parc et son casino, nous partons explorer les petits villages ruraux alentour sur les plateaux arides et rocheux de la splendide Auvergne. Dans cette région désertée aux paysages volcaniques du cœur de la France, rurale et authentique, tu retrouves les mêmes sensations, les mêmes visions, les mêmes odeurs que lors de tes vacances à la campagne chez ton grand-père qui vivait à Lyozno. Tu y puises l'inspiration pour les fables qu'il te reste à illustrer.

Nous revenons l'année suivante et nous installons dans une petite maison de village près d'un lac. C'est une région thermale propice aux longues convalescences, et je me remets avec peine d'une septicémie, maladie contractée par Ida également. Pendant que nous nous reposons, pour nourrir ta peinture, tu poursuis tes excursions. Cette fois-ci, Robert te rejoint, trop fier de te faire profiter de sa nouvelle voiture. D'un hôtel de Limoux, où vous avez fait étape, tu m'annonces la grande nouvelle : tu as fini *Les Fables* ! Heureux et soulagé, tu décides de prolonger votre voyage jusqu'à Albi. Mais la voiture, que tu qualifies de « grotesque » pour ne pas avouer qu'elle te terrifie, manque d'exploser sur la route. Les roues sont en surchauffe, vous devez trouver de l'eau pour les refroidir. Tu jures à ton ami de rentrer en train ! Finalement, vous parvenez à l'hôtel où l'on vous prend pour monsieur et madame Delaunay… Il faut dire que tu te présentes enroulé dans mes châles et coiffé de mon chapeau, tant tu as eu peur d'attraper froid dans la décapotable de Robert. Toutes ces anecdotes que tu prends le soin de m'écrire avec ton humour habituel me distraient de ton absence, me consolent dans ma convalescence.

Quelle est cette étrange langueur qui pèse par intermittence sur mon âme ? Comment exprimer ce sentiment d'être de moins en moins présente à moi-même, de me diluer, comme si, paradoxalement, les seuls contours fixes, ineffaçables de mon identité étaient ceux tracés par tes portraits ?

Dès notre retour à Paris, l'infatigable et providentiel Vollard te suggère un nouveau travail : des gouaches sur le cirque. Qu'espérer de mieux, toi qui es fasciné depuis l'enfance par ces personnages tragi-comiques que sont les clowns et les acrobates ? Tu t'empresses d'accepter. C'est un sujet mis à la mode par Picasso, ses saltimbanques et autres arlequins, puis revisité sur un mode plus sombre par Rouault, autre artiste représenté par Vollard.

Ainsi, tu passes de nombreuses soirées au Cirque d'hiver, Vollard y a une loge et nous y invite avec Picasso et d'autres artistes. Ces soirées parisiennes, où je me lasse bientôt de t'accompagner, te grisent, le spectacle qui se déroule sur la piste devant tes yeux ébahis te transporte. Ce thème t'affilie à une tradition française qui va de Degas à Watteau, un de tes maîtres, et te reconnecte à tes acrobates et arlequins du théâtre juif, perdus quelque part dans un Moscou ravagé.

À la fin de l'année 1927, tu remets à Vollard dix-neuf gouaches intitulées *Cirque Vollard*. Colorées et fantaisistes, elles irradient d'un bonheur enfantin. Mes trois préférées sont le *Clown à l'âne*, où ton drôle de clown fait penser à Charlot et tente de porter un âne sur ses épaules, *L'Âne à la tour Eiffel*, où la tour se tient à califourchon sur un âne, et, enfin, *L'Acrobate* à qui tu as prêté mes traits rajeunis, et où, dans un costume rouge ravissant, je me balance en équilibre sur un fil, instable, à l'image de nos êtres profonds oscillant chacun entre la mélancolie et l'amour de la vie.

Tu t'es réinventé encore une fois à Paris, et avec un tel succès que j'ai eu peur que tu ne te perdes, ou plutôt, pour dire la vérité, que j'ai eu peur de te perdre.

Au printemps 1928, une bonne nouvelle va me permettre de prendre conscience de la profondeur de ta nostalgie du pays, au moins égale à la mienne : le théâtre juif de Moscou est autorisé à sortir de Russie et va se produire à Paris.

Notre maison à Boulogne devient leur camp arrière le temps des représentations. Alexandre Granovski et Solomon Mikhoels s'installent à la maison tandis que leurs acteurs sont dans une pension que nous leur avons trouvée non loin de chez nous. Chaque jour, la joyeuse bande vient déjeuner dans notre jardin, et chaque soir, nous allons les applaudir. Nous donnons même plusieurs réceptions en leur honneur. Bien sûr, le contraste est cruel entre nos tables chargées de victuailles, nos vêtements à la mode, notre aisance et leur air frustre. Les femmes en particulier me paraissent complètement décalées dans le décor, et je devine ce qu'elles pensent, leurs jugements. Mais notre joie sincère à les accueillir, notre besoin viscéral, profond, urgent de parler yiddish, d'entendre le yiddish, de fréquenter nos compatriotes, de ressentir cette appartenance à une communauté, sont tellement puissants qu'ils emportent toutes les réticences, les leurs comme les nôtres.

Tu retrouves avec un réel plaisir Solomon Mikhoels avec qui tu as toujours eu des affinités artistiques, et dont le charisme égale le tien. Votre amitié ravivée te permet de combler peu à peu le fossé qui s'est creusé entre ta vie présente et l'ancienne, car tu traverses encore régulièrement des périodes de déchirements identitaires.

À la fin de l'année, ta nostalgie est exacerbée par la mort de Tugenhold. Dans l'hommage que tu lui rends, publié par une revue soviétique, tu laisses entendre à quel point tu souhaiterais revoir ton pays et les rues enneigées de Vitebsk. Par une cruelle ironie, il se trouve que certaines de tes œuvres sont exposées à Moscou cet hiver-là dans une exposition consacrée à l'art moderne français.

À défaut de profiter de la neige à Vitebsk, nous allons la chercher à Megève, petit village de Haute-Savoie. Avec ses chalets en bois, ses calèches, ses rues recouvertes d'un manteau blanc duveteux, ses sommets que tu peins de la fenêtre de l'hôtel du Soleil d'Or et ses nuits constellées d'étoiles, un zeste d'imagination suffit à te faire croire que tu es dans notre village.

Les tableaux que tu y peins te ramènent tous vers ta chère Russie. On y retrouve notamment ton grand-père sous les traits de *L'Homme à la Torah dans la neige*, et la vieille pendule de tes parents avec son unique aile bleue surplombant ton village enneigé dans *La Pendule dans la rue*. Ces toiles sont des manifestes, tes réponses à l'antisémitisme montant, celui qui nous replie sur nous-même telles des tulipes fanées dont la tête ploie vers les racines. Ainsi, dans les années à venir, ton identité juive, endormie depuis ton retour à Paris pour hâter ton assimilation, deviendra, face aux affronts, face aux humiliations, ta nouvelle revendication.

XIX

Le Bœuf écorché

LES RÉACTIONS VIRULENTES de certains auteurs d'extrême-droite, furieux que Vollard t'ait choisi pour illustrer *Les Fables*, leur charge antisémite, leur violence, leurs insultes, te bouleversent et te choquent. L'antisémitisme, telle une vague noire puante, submerge l'Europe. L'Allemagne s'y enfonce, ainsi que l'Union soviétique, et tu doutes de plus en plus de revoir un jour les lieux de ton enfance.

Quand tu reçois une lettre accompagnée d'une photographie du vieux Pen prise dans la cour de la maison de tes parents à Vitebsk, je crois à un miracle avant de comprendre que tu lui as demandé ce souvenir de la rue Pokrovskaïa. Je n'ai pas ta pulsion de vie colossale aiguisée par ton passé d'enfant des rues élevé du mauvais côté du *shtetl*, tu es bien mieux armé que moi face à l'adversité. Ta mélancolie passagère est toujours transcendée par ton art. Moi, ces mêmes angoisses qui te traversent me terrassent. L'expatriation subie, sans perspective de retour, a ravivé mon sentiment douloureux d'exclusion. Sommes-nous condamnés à être les bannis, les ostracisés, ceux mis à l'index par le groupe ? Ce n'est pas qu'une expérience de la différence, c'est plus profondément ce doigt sans cesse pointé sur nous, et qui nous désigne comme l'étranger. Lors d'un verre en terrasse à la Rotonde avec nos amis, Braque lui-même s'en prend « aux métèques qui lui retirent le pain de la bouche » et aux « judéo-bolcheviks ». J'en reste sans voix, toi, tu lui réponds à ta façon : tu peins.

Dans un de tes fameux bouquets français, des roses blanches et des pivoines se mélangent avec un chandelier à sept branches dont les bougies se consument, flammes vacillantes. Tes toiles suivantes sont encore plus sombres. *Le Bœuf écorché* apparaît comme une sorte de crucifixion animale avec Vitebsk et ses habitants affolés en toile de fond. Dans *Le Village russe*, un traîneau gris, au-dessus du toit gris des maisons, traverse un ciel de plomb, et l'abandon de tes couleurs habituelles annonce l'orage qui va s'abattre sur le village. Tout est dit. Moi, j'ai du mal à dire, je tombe malade. Maladie, mal à dire, mon corps parle pour moi.

Je subis plusieurs opérations pour ce qui semble être un ulcère à l'estomac. Mon alarme s'est déclenchée, je saigne à l'intérieur. Durant mes longs mois de convalescence, je ne trouverai pas le repos, la peur ne me laisse aucun répit.

Toi, tu réagis par un retour obsessionnel à tes origines que tu replaces au centre de ton travail, et tu donnes ton accord de principe à Vollard pour les illustrations de la Bible. Sur cette lancée, tu échanges un tableau pour nous offrir un voyage en Palestine, séjour à la source qui te paraît nécessaire, et que Vollard ne peut prétendre financer. En parallèle, nous multiplions les excursions en province, à la recherche d'un terrain où construire une maison. C'est comme un acte de foi dans lequel tu m'entraînes pour dépasser mes peurs et apaiser ton instabilité : ce pays que nous aimons nous aimera, jetons-y l'ancre !

Mais très vite, je me rends compte que nous ne pourrons pas nous passer d'un endroit à Paris, et qu'avoir une maison secondaire causera des dépenses extravagantes et des déplacements inutiles pour un homme qui a besoin avant tout d'un point fixe. Je tombe alors sur un bijou dans un écrin de verdure au 5, rue des Sycomores, villa Montmorency, en plein seizième arrondissement de Paris. Une maison spacieuse dotée d'un pavillon au bout d'un vaste jardin boisé qui ferait un merveilleux atelier. Une folie bien au-dessus de nos moyens, mais heureusement, il y a beaucoup de travaux à faire, ce qui nous permet d'en négocier le prix. Confiants ou inconscients, nous signons le contrat et emménageons dès l'été alors que les travaux n'ont pas encore commencé.

En octobre 1929, le krach boursier de Wall Street provoque une crise financière sans précédent aux États-Unis qui déferle rapidement sur l'Europe aussi. Nos vies basculent.

Par télégramme, tu apprends que la galerie Bernheim met fin à votre contrat. Les collectionneurs se volatilisent, les marchands n'achètent plus, Paul Rosenberg lui-même annule in extremis l'exposition de son artiste phare, Picasso. Le marché de l'art va à vau-l'eau, et notre sécurité financière n'est plus assurée alors que nous avons encore tellement à payer pour la rénovation de la maison. Seules les commandes de Vollard nous apportent des revenus réguliers bien que modestes. Il devient urgent de vendre tes œuvres.

Au printemps 1930, nous nous rendons à Berlin pour une exposition organisée par un dandy exubérant qui s'est imposé comme l'un des marchands d'art les plus audacieux et avisés de Berlin. Il s'est entiché de tes gouaches réalisées pour *Les Fables*. Hélas, cette fois, son flair l'aura trompé, tes tableaux aux couleurs douces et fluides, leurs iconographies féeriques et leurs scènes de la vie rurale déconcertent le public berlinois. Ce dernier leur préfère la violence et l'hyper-réalisme satirique emmenés par le mouvement de la Nouvelle Objectivité d'Otto Dix, qui exprime dans ses peintures les blessures et les traumatismes d'un peuple humilié par la guerre. Tu ne vends presque rien, mais ce séjour, qui signe la fin d'une époque favorable pour toi à Berlin, achève de te persuader que tu es devenu un peintre français. C'est donc avec soulagement que nous retrouvons Paris.

Le printemps 1930 est aussi marqué par la visite du théâtre d'État de Meyerhold, un proche de Stanislavski, véritable star du régime soviétique. L'accueil du public français à celui qui représente la Russie des bolcheviks est glacial, et il y a peu de monde dans la salle du nouveau théâtre Montparnasse où nous prenons plaisir à aller chaque soir, tant pour le travail novateur des acteurs de Meyerhold que pour le plaisir d'entendre notre langue et de retrouver sur scène cette exubérance propre à notre culture. Au cours d'une de ces soirées, Hilla de Rebay, la future conseillère artistique de Solomon Guggenheim, remarque dans les rangées de l'orchestre ton visage en transe qui ne perd pas une miette du spectacle. Elle reconnaît le peintre Chagall et nous invite à faire la connaissance du grand collectionneur. Cette rencontre sera décisive, une de ces rencontres qui façonnent un destin.

« Tu vois, Bella, même dans la nuit noire Dieu ne nous abandonne pas. Ne perds jamais la foi. »

Galvanisée par ton énergie retrouvée, je décide de reprendre nos soirées festives. J'ouvre en grand la villa Montmorency à nos amis. Et puisque notre situation ne nous permet pas d'avancer les travaux, je cache les parquets usés à l'aide de vieux tapis, cloue des châles et des chapeaux sur les murs à la peinture défraîchie, recouvre les canapés de plaids, fais entrer la lumière par les majestueuses fenêtres.

Nos fêtes commencent dans le jardin à l'heure du thé, autour du samovar disposé sur une grande nappe blanche étendue sur la pelouse, encerclée par les arbres. Elles se poursuivent jusque tard dans la nuit. Des nuits fraîches embaumées par les lilas, à discuter sans fin, moi enroulée dans mes châles et soieries, toi faisant le pitre sur la terrasse transformée en estrade pour amuser nos invités. Notre charme oriental fait des merveilles et nous élargissons le cercle autour de nous. D'autres poètes, comme Jules Supervielle ou Rafael Alberti, se joignent aux anciens.

Un dimanche, Supervielle nous emmène à Meudon chez un couple de philosophes, Jacques et Raïssa Maritain. Nous y trouvons un réconfort inattendu. Avec les Maritain, comme avec les Delaunay, nous partageons une identité dédoublée et développons une amitié de couple. Jacques a un coup de foudre pour toi, le peintre de Vitebsk, tandis qu'avec Raïssa nous sommes toutes deux issues d'une famille juive russe de tradition hassidique, une mémoire commune fonde notre complicité, même si notre rapport au passé n'est pas le même. Raïssa s'est convertie au catholicisme et se trouve à Paris comme au centre du monde alors que je me sens toujours une exilée de Vitebsk. Ils viennent souvent à la maison, pour une soirée ou juste un thé. Ils aiment surtout se rendre dans ton atelier, où Jacques peut rester des heures, absorbé dans la contemplation de tes toiles. Ce couple de catholiques aussi pieux que fantasques et mondains, à la recherche d'un regain de spiritualité et en lutte contre l'antisémitisme renaissant en France, est immédiatement sensible à la dimension mystique de ton art.

À ta demande, Jacques Maritain accepte d'écrire un texte pour un livre consacré au théâtre juif de Moscou qui doit réunir différentes opinions sur ton travail au sein de l'institution. Il vient de publier une étude sur Rouault et s'exécute avec plaisir. Jacques deviendra, au fil des ans, un soutien inconditionnel de ta peinture. Critique avisé, il étudie ton œuvre en intellectuel, certes, mais il est aussi l'un des rares français à la comprendre spontanément. Son analyse de tes illustrations de la Bible sera précieuse.

Dans le climat hostile des années 1930, il t'apparaît urgent de faire traduire et éditer tes Mémoires, mû par cet élan qui t'incite à revendiquer tes racines. Mais qui pour s'atteler à la tâche ? Qui pour restituer, sans la trahir, la merveilleuse naïveté de tes pages ? Qui pour comprendre qu'il s'agit d'une peinture composée avec l'alphabet ?

Avec les années, je suis devenue la source vive de tes souvenirs en Russie, l'incarnation de ton art, ta muse orientale, puisque c'est comme cela que je te rassure et que tu m'aimes. Ce rôle me comble autant qu'il me fige, je me sens piégée dans chacun des portraits que tu peins de moi. Alors, avec l'aide de Jean Paulhan et du professeur de français d'Ida, je me jette dans la traduction de *Ma vie*. C'est un travail qui exige minutie et patience, un travail de recréation où, après avoir longtemps médité sur la phrase originale, je la réécris en français en tâchant de rester la plus fidèle possible à tes formules éclatantes, impétueuses, expressionnistes, sautant d'images en images. Quelle récréation ! Cette mission me sort de ma langueur. La vérité est que j'y trouve un substitut à ce désir de création qui m'habite et que je réprime, qui me mine depuis de si nombreuses années.

XX

Solitude

UN JOUR DE FÉVRIER 1931, nous embarquons pour Beyrouth dans le port de Marseille sur un de ces bateaux à vapeur blancs qui sillonnent la Méditerranée. Un beau soleil d'hiver accompagne la traversée, et je passe le plus clair de mon temps allongée sur un des transats du pont supérieur, emmitouflée dans mes châles. J'espère profiter de cette parenthèse entre ciel et mer pour trouver l'apaisement auquel j'aspire, pour me délester de la mélancolie qui m'envahit fréquemment depuis l'automne. Ida me rejoint les après-midi, souvent un livre à la main, elle adore me faire la lecture. Elle est devenue une ravissante jeune fille de quatorze ans, une fleur poussée en moi qui déploie à présent ses pétales et dont la beauté me déborde. Je suis fière d'elle, de nous, heureuse de t'accompagner vers la terre de nos ancêtres, la Palestine, même si c'est à Vitebsk et nulle part ailleurs que sont nos racines. Parmi les neuf cents passagers, nous avons deux connaissances, deux écrivains : Edmond Fleg, un sioniste français, et Haïm Bialik, cet éternel tourmenté qui a fait le choix de quitter Odessa il y a dix ans pour finalement vivre en Palestine. Ce dernier ne nous entretient que de l'avenir menacé des Juifs. Son ton catastrophé nous donne à tous l'impression de fuir l'Europe sur un bateau de fortune tandis que, tel un prophète du malheur, discourant en yiddish, il promène son ample et long costume gris sur le pont avant du bateau. Pourtant, loin de l'éviter, tu sembles rechercher sa compagnie. En escale au Caire, tu le convies même à venir visiter les pyramides avec nous.

Qu'est-ce qui t'attire chez lui ? Tu n'as jamais eu de goût pour les pessimistes de profession, mais tu lui accordes une certaine clairvoyance et loues sa cohérence, puisqu'il n'a pas hésité à quitter un pays antisémite pour la terre promise. Hélas, depuis sa fuite du ghetto, cet écrivain réputé n'a plus écrit une ligne, et cela t'intrigue, tu l'interroges à ce propos. Tu imaginais comme enviable ce statut de premier poète juif à franchir la frontière pour s'installer dans un kibboutz, répondant à l'attente de ces garçons et filles au visage bronzé. Or tu comprends que rien de tout cela n'est advenu car, en faisant ce choix radical, il s'est coupé de son public. Là-bas, personne ne l'attendait, personne ne l'entend plus. Son expérience te sert de miroir et d'avertissement.

Le lendemain de notre arrivée, sur l'invitation du maire de Tel-Aviv, russe comme nous, nous assistons à l'inauguration du site où s'érigera le premier musée d'art de la ville : Dizengoff t'a demandé d'en poser symboliquement la première pierre. Cet homme entreprenant, un des pionniers de Tel-Aviv, est flatté par la présence d'un artiste à la réputation internationale qui ne peut qu'attirer l'attention sur son projet. Mais ses belles intentions sont gâchées par son manque de culture et ses manières de cow-boy frustre qui t'irritent au plus haut point. Tu comprends mieux soudain la solitude et même l'isolement d'un Bialik déçu au milieu des siens.

« Que croyais-tu ? Quel est le poids de l'art quand on est encore en guerre, quand on se bat pour sa terre ?

– Bella, comment peux-tu dire ça? Pourquoi me faire venir alors? Pourquoi ce musée? Moi, je dirais plutôt que vaut la vie sans le secours de l'art? »

Ce sera la cause d'un long malentendu entre la jeune nation d'Israël et toi. Pendant des années, tu déclineras toutes les propositions d'y exposer tes œuvres, persuadé que tu ne trouveras jamais aucun acheteur ni public sur place. Mais ce premier voyage t'a été dicté par une nécessité intérieure et non par un but commercial, aussi tu ne perds pas ton temps. Cette terre scintille comme de l'or autour de toi où que tu poses ton chevalet. Elle t'enchante d'où que tu l'admires. Sur le toit d'une maison de Tel-Aviv où tu embrasses la ville et ses petites cours intérieures du regard, dans une rue, sur une place, devant le mur des Lamentations à Jérusalem, ou sur les hauteurs de Safed, ville sainte de Haute-Galilée. Tu comptes sur cet exercice en plein air, rompant avec tes habitudes, pour t'imprégner plus profondément de ces paysages dont tu rêves depuis si longtemps. Et pourtant, *Jérusalem*, *Le Tombeau de Rachel*, *Dans la synagogue de Safed* et les autres toiles que tu peins au cours de ce séjour, si elles vibrent d'une lumière plus éclatante que jamais, me rappellent celles de ta série réalisée à Vitebsk après ton premier voyage à Paris.

« Oui, Bella, tu as raison, rien ne t'échappe! Ce pays qui devrait être celui de mes origines me confronte au manque abyssal de notre terre russe. Depuis l'enfance, je suis captivé par les récits bibliques. Je suis venu en Palestine pour confronter cette vision intérieure à la réalité. Mais que peut la réalité devant la richesse de l'imaginaire? »

Il faudra attendre ton retour à Paris pour que cette rencontre avec la terre de nos ancêtres finisse d'infuser et te permette de te lancer dans les illustrations de la Bible. Ton émotion est si profonde que ce voyage s'inscrira comme l'une des impressions les plus fortes de ta vie. Les trois années suivantes, alors que les tensions s'accentuent et que les violences antisémites se multiplient en Europe, tu t'échappes de la triste réalité pour suivre le peuple juif et ses pères spirituels dans leurs tribulations, leurs prophéties et leurs infortunes. Dans ton cocon imaginaire, ils sont éternels, ils sont le peuple de Dieu, ils sont unis à la Nature, et en te tournant vers eux tu cherches un peu de lumière à l'orée de nos inquiétantes années 1930.

Pour mener à bien ce projet d'illustration, tu dois temporairement renoncer à tes thèmes modernistes qui sont en train d'asseoir à l'international ta réputation de peintre d'avant-garde. Tu opères un retour vers un passé très ancien avec tes eaux-fortes, et te confrontes à une tradition iconographique millénaire. L'entreprise n'est pas sans risque.

« Mais suivre le goût du public, Bella, c'est se condamner à l'éphémère, et qui sait, demain tout cela s'achèvera peut-être en pogrom », me confies-tu un soir avec un sourire doux-amer.

L'histoire va te donner raison.

Tu travailles encore obstinément à tes gravures de la Bible quand Hitler accède au pouvoir en Allemagne. Le printemps s'annonce terrifiant. Les nazis à la tête du pays brandissent ton *Juif en prière* comme exemple de l'art dégénéré et le font défiler dans une charrette pour susciter les moqueries de la foule.

Certains comprennent aussitôt l'ampleur du danger qui les guette et quittent le pays. Parmi eux, des amis et des connaissances rejoignent Paris ou les États-Unis, d'autres plus à gauche, comme Walden, ont choisi d'émigrer vers l'Est. Ce traître, victime de ses illusions communistes, s'établit à Moscou, avant de réaliser son erreur. Il sera exécuté sur ordre de Staline.

Dans toute l'Europe, le marché de l'art est au ralenti, les acheteurs sont plus rares, les préoccupations sont ailleurs.

Malgré une rétrospective de tes œuvres organisée par une dizaine de galeries de Bâle, ville située à la frontière entre la France, l'Allemagne et la Suisse, et qui est très bien accueillie, notre situation financière devient plus critique de jour en jour. Lorsque tu vas livrer tes quarante eaux-fortes pour la Bible à Vollard, ce dernier nous apprend que, en raison de la crise, il est obligé d'interrompre ses versements. Avec l'avocat de la famille, j'établis l'estimation des toiles qu'il nous reste, même si, en réalité, elles ne sont pas toutes à vendre car il te serait impossible de te détacher de certaines. L'argent vient à manquer. Mais ce n'est pas le pire. Le climat hostile, rythmé par les émeutes et les foules en colère envahissant la place de la Concorde en scandant des slogans haineux à l'égard des étrangers, des métèques et des Juifs, est bien plus angoissant. Nous, les déracinés, où pourrions-nous aller ?

Ton premier réflexe est de te réfugier dans ton monde intérieur, et donc de te concentrer sur ton travail autour de la Bible, bien que Vollard ne puisse plus te payer. Sur mes conseils, tu écris à Hilla de Rebay pour qu'elle intercède en ta faveur auprès de Guggenheim afin qu'il reprenne le projet interrompu par Vollard. Peine perdue. Tu finis par abandonner les gravures. Mais pas les thèmes immémoriaux.

Louée soit ton audace ! Tu vas mettre à profit cet arrêt forcé des illustrations pour renouer avec la monumentalité, comme au temps des fresques murales pour le théâtre Juif. Devant l'imminence de la menace, tu t'efforces d'affirmer ta propre vision, exalté par la confrontation avec un ennemi mortel. De cette tension jaillissent plusieurs toiles complexes et allégoriques comme *La Chute de l'ange* et *Le Ttemps n'a point de rives*.

Par ailleurs, un nouveau style se révèle dans des tableaux jumeaux, deux chefs-d'œuvre à mes yeux, l'un profane, l'autre sacré. Le premier, *Nu au-dessus de Vitebsk*, est un portrait prophétique, issu de ta mémoire et de ma jeunesse. Pour la première fois, Ida me remplace et me représente. Elle a pris la pose dans le jardin de Montmorency pour figurer la Bella de tes souvenirs, cette jeune dormeuse de dix-sept ans, nue et sensuelle, flottant sur son drap blanc dans un ciel blême au-dessus de notre ville, privée de toute lumière. Dans le coin en bas à gauche, un vase de la même dimension que la cathédrale et les immeubles de la ville propose un contre-point mortifère avec ses roses rouge sang. Leur obscurité écarlate tranche sur la grisaille environnante. Tel l'éclat d'une blessure vive, elles sont l'incarnation de ta sensibilité. Le dos d'albâtre qui domine toute la toile, lui, proclame avec insolence la suprématie de l'art face à la mort, et du désir face à la peur.

Le second tableau, *Solitude*, me bouleverse. Je me retrouve, je te retrouve dans la figure de ce pauvre Juif recouvert d'un taleth, le visage pensif appuyé sur une main, de l'autre serrant la Torah contre lui. Il semble en exil sur un mont que menace un ciel d'orage illuminé par un ange, la ville de Vitebsk en arrière-plan. À ses côtés, un violon abandonné et une vache aux traits si tendres et naïfs qu'on la croirait sortie des songes d'un enfant.

Tu fais partie des rares artistes à alerter sur la gravité du moment historique, de ces quelques peintres qui ont choisi de représenter la tragédie qui se prépare en Europe.

La terre tremble sous nos pieds, où pourrions-nous nous réfugier sinon dans tes tableaux ? La vie, même si elle est dure, y est plus douce.

La nuit, je rêve que nous crevons leur toile peinte et nous y réfugions, tous les trois, hors du monde.

XXI

Bella en vert

Ida fête ses dix-huit ans en cette année 1934. L'insouciance des gens riches et bien nés que nous fréquentons confine au délire. Comme s'il suffisait d'ignorer la menace pour la faire disparaître ! Nous sommes conviés à des dîners, comme celui organisé par *Les Cahiers d'art*, où chacun est autorisé à parler de tout sauf de politique ou de la crise que nous traversons. Même les controverses littéraires ou esthétiques sont déconseillées tant le climat est propice aux tensions. L'élégance ultime est de rire au bord de l'abîme, une coupe de champagne à la main.

Ida est emportée par ce tourbillon de danses, de fêtes, de dîners, avec une jeunesse pressée de s'étourdir et d'en profiter. Pour la plupart, ils sont comme elle nés à l'orée de la Première Guerre. Victimes collatérales de ses ravages, leur appétit de vie est d'autant plus exacerbé qu'il s'accompagne du sentiment que leur temps est compté. Ida semble parfois vouloir s'extraire de l'atmosphère pesante de la maison et je n'ai pas envie de la retenir. Nous ne recevons plus que des expatriés et nos conversations sont sérieuses, aucun d'entre nous n'a plus le cœur à rire.

Je te trouve particulièrement triste ces jours-ci, tu ne dis rien, mais je ressens dans tous mes nerfs comme un courant électrique diffusé par ces fils invisibles qui nous unissent. Parfois, tu te plains de ne plus avoir de nouvelles de Mikhoels et de sa troupe, ou d'autres amis rentrés au pays. Dans ces moments-là, tu en viens à jalouser ceux qui ont le droit de se rendre à Moscou, comme Opatoshu, et je suis obligée de te ramener à la raison. Tu ne te sens plus d'ici et tu n'es plus là-bas, écartelé entre ces endroits qui te sont chers et qui ne veulent plus de toi. Ni la réputation que tu as acquise, ni les gens fortunés ou les artistes célèbres au milieu desquels nous évoluons, ni même tes propres succès ne parviennent à te convaincre que tu es à ta juste place. À la différence de beaucoup de nos compatriotes exilés dont les conditions de vie sont bien plus difficiles, je comprends ta souffrance car je la partage. Mais je la tais. Je tâche d'être forte pour deux quand je ne le suis déjà plus assez pour moi seule.

En plein passage à vide, Ida, de retour de sa colonie de vacances pour adolescents russes, nous annonce qu'elle est tombée enceinte.

« Mais enfin, de quoi parles-tu, Idotchka ? »

Tu l'as fait répéter, hébété. Comment ta petite fille pourrait-elle tomber enceinte ? Ce corps de jeune fille en fleur que tu as fait poser de longues heures dans notre jardin, comment pourrait-il être souillé par un homme, s'abandonner au sexe hors des lois du mariage ?

Nous sommes sur la terrasse, sous la tonnelle, réunis autour du samovar. Tes mains tremblent lorsque tu te ressers du thé, tu te brûles les doigts, tu hurles et laisses exploser ta colère. Tu l'accuses d'égoïsme, d'inconséquence, elle salit notre nom, ta réputation, ruine tes efforts, tous nos efforts ! Comment a-t-elle pu agir avec tant de légèreté ? Est-ce donc ainsi que nous l'avons élevée ? Ida en pleurs part en courant de la maison.

Je ne bouge pas, figée par la violence qui me traverse. Ma décision est prise sur l'instant. Ma fille ne gardera pas un enfant du péché, et elle épousera celui qui l'a déflorée. Je sais de qui il s'agit. Pendant l'été, elle m'a confié plusieurs fois dans ses lettres s'être rapprochée d'un certain Michel Rapaport, un étudiant en droit, judéo-russe comme elle. Je ne peux pas la comprendre, elle est si loin de moi tout à coup, j'ai l'impression de faire face à une étrangère. Comment est-ce possible ? Cette enfant avec qui nous avons partagé tout notre temps, nos amis, nos voyages, nos influences, nos lectures. Cette enfant pour qui nous avons voulu la meilleure éducation, qui a été élevée par une préceptrice à domicile. Nous lui offrions ces vacances en colonie chaque année car c'était l'occasion pour elle qui ne va pas à l'école de partager des moments de joie avec d'autres enfants de son âge et d'échapper ainsi au monde des adultes. Je me sens trahie.

La cérémonie est organisée à l'automne, rapidement et en petit comité. Un fantôme te tient le bras tandis que vous avancez en musique dans la synagogue recouverte de fleurs. L'œil morne, telle une somnambule, notre fille répond « oui » au rabbin, et son voile de mariée a la lourdeur d'un drap mortuaire. C'est son enfance qu'on enterre, son insouciance, sa vie de petite fille choyée. Elle n'a aucune envie de s'engager, encore moins de convoler. Nous l'avons sacrifiée sur l'autel de la respectabilité. Avions-nous d'autre choix ? Nous ne pouvions prendre le risque de nous isoler de la bonne société.

Ce drame t'inspire un tableau terrifiant. *La Chaise de la fiancée* est l'expression du vide puisque la fiancée en est absente. Une toile funèbre où le blanc symbolise le deuil, celui d'un homme dont la fille adorée se marie sous sa contrainte.

Aucun de nous ne sortira indemne de cette affaire. Mon tribut sera le plus lourd. En me soumettant aux règles de la bienséance, je me suis privée de la joie d'être grand-mère. Dieu me pardonnera-t-il ? Si je suis sûre qu'Ida sera mère un jour, je ne suis pas sûre d'être là pour le voir. Comme souvent, mon pressentiment s'avérera juste.

Au début de son mariage, Ida m'appelle tous les jours, sollicitant mon aide pour la conduite de son ménage, ne comprenant pas ce qu'on attend d'elle. En mon for intérieur, je me sens coupable de ne pas l'avoir préparée à la vie d'épouse, comme si elle était vouée à demeurer entre ses parents, comme s'il était inimaginable que notre trio se brise. Sa vitalité me manque. Certains matins, c'est moi qui lui téléphone, juste pour entendre son rire, sa voix. Mais la complicité qui nous unissait s'est évanouie. Une distance s'est établie entre nous, elle a le goût amer d'une promesse d'enfant avortée.

Ida ne voulait pas être mère, mais je ne lui ai pas laissé le choix. Elle m'en veut de cela. Dans notre malheur, il se trouve qu'elle a perdu l'enfant spontanément, la veille du rendez-vous avec l'avorteuse. Sa fausse couche nous a permis d'éviter le pire et de croire que le ciel en avait décidé ainsi. Cependant, le doute m'empoisonne et vrille mes tempes.

À l'hiver, tu décides de peindre un nouveau grand portrait de moi. Tu choisis le vert parce que c'est ma couleur, ce sera *Bella en vert*.

En enfilant, à gestes lents, ma robe préférée, celle en velours épais vert foncé, au col évasé et aux manchettes en dentelle blanche, j'ai l'impression de me préparer pour le bal. J'ai beaucoup maigri ces derniers mois, je flotte dans la robe. Une nouvelle femme apparaît, affirmes-tu, plus éthérée, plus fragile aussi et dont le sourire s'est égaré. Je me tourne vers toi, exécute les gestes que tu me demandes, saisis l'éventail, le monte vers mon visage, le redescends à ma taille, et mon esprit s'évade. « Où suis-je ? Qu'ai-je fait ? Que dois-je faire encore ? » Les vers d'Hermione tourbillonnent dans ma tête. Comme si j'avais un mort sur la conscience, comme si je n'avais pas su aimer ceux qui m'aiment… Ce rôle trouve un écho puissant en moi par sa force tragique. Pourtant, mes seuls vrais morts sont ceux à qui je n'ai pas pu dire au revoir, ceux que j'ai perdus en Russie.

Pour me ramener sur terre, avec toi, tu me demandes de te lire des passages de la Bible en yiddish.

« Tu as la gravité d'un prophète, Bella. Et ta voix au son de cloche fêlée… oui, cette voix, c'est celle de ton âme. »

Tu as renoncé à ajouter un ange à mes côtés, dommage, il aurait pu me sauver. Tu lui as préféré un bouquet de roses pâles, fatiguées. Les pauvres, elles voudraient partager un peu de la lumière que tu as concentrée sur mon visage et mes mains.

Tes portraits ont toujours été justes, mais celui-ci, par sa pénétration psychologique, par la force de sa représentation, est sans commune mesure avec les précédents. Chagall, à cet instant, je le sais, j'irai au bout de ma nostalgie.

Ton tableau fini, je retrouve l'abri de mon lit, mon refuge, mon oubli. J'ai de multiples raisons d'y rester : la grippe, une fièvre, une énième opération. Les linges, les oreillers m'ensevelissent, je m'y noie, et personne ne le voit, aucune main tendue, un désert de draps blancs dans lequel je m'efface et m'enfonce. À mesure que mon énergie décline, notre fille prend le relais, me remplace dans les fonctions que je ne peux plus assumer, celles d'assistante, de conseillère, d'ambassadrice. Le trio se reforme, seules les places changent. Michel, son mari, se joint à nous quand il le peut. C'est un homme patient et discret, qui ne s'impose jamais. Ida s'investit dans son rôle auprès de toi, elle t'encourage, elle te protège de son mieux. Polyglotte, à l'aise avec tous, riches et pauvres, présidents ou encadreurs, collectionneurs ou peintres, elle devient un agent redoutable. Elle dispose en outre d'une détermination et d'un charme qui lui permettent de parvenir facilement à ses fins. C'est Ida qui a obtenu de Lady Clark, l'épouse de l'ambassadeur britannique à Paris, à qui tu donnais des cours de peinture, d'organiser une exposition de tes œuvres à Londres. Mais en ce mois de mars 1935, aucun de nous deux n'a l'énergie nécessaire pour entreprendre ce voyage.

Qu'à cela ne tienne, Ida n'a pas froid aux yeux ! À dix-huit ans, elle part pour Londres avec Michel pour te représenter. Hors de question de renoncer à cette première exposition en Angleterre. Sa présence ne sera pas pour rien dans le succès rencontré par l'événement, notamment auprès des journalistes, comme nous le rapportera Lady Clark.

À la fin de l'été, quand l'Institut d'études yiddish de Vilnius te propose d'inaugurer le musée d'Art judaïque, cette fois tu n'hésites pas une seconde, trop heureux de voyager vers la petite Jérusalem de Lituanie. Vilnius est en quelque sorte une capitale culturelle pour notre communauté, et c'est la ville d'Europe de l'Est qui se rapproche le plus du Vitebsk de notre enfance.

C'est une cité bosselée par les dômes, hérissée de flèches, aux bâtiments baroques et néo-classiques entourés de collines basses, la moitié de la population y parle yiddish et revêt le costume rituel. Maisons en bois et rues sinueuses, plats traditionnels sur la place du marché, au cours de nos promenades, tout nous donne l'illusion de revenir trente ans en arrière. On se croirait dans les rues de Vitebsk, situé juste de l'autre côté de la frontière, qu'un caprice de l'histoire nous interdit de franchir. Vilnius te paraît même plus douce, plus paisible, moins tourmentée par le hassidisme de notre ghetto natal. « Et si on ne repartait pas ? » dis-tu en me serrant plus fort la main. Ces premières impressions de touristes privilégiés vont toutefois vite disparaître.

À Vilnius, nous sommes chez les Polonais. Si nous pouvons nous y promener librement, ce n'est pas le cas des Juifs vivants sur place. Les Polonais haïssent leurs Juifs. Ici, ces derniers crèvent de faim et la crise mondiale de 1929 a encore aggravé leur situation.

Lors de l'inauguration du musée, en compagnie du merveilleux Simon Doubnov, éminent historien, cette haine va nous sauter à la figure. Une bande de jeunes Polonais prend à parti notre ami, âgé de soixante-quinze ans, l'agonise d'injures et le tabasse sous nos yeux, en pleine rue. Nous assistons d'abord à la scène tétanisés. Puis tu cours aider le vieil homme à se relever tandis que les lâches s'enfuient. Tu veux appeler la police, mais Simon t'en empêche, non, ce n'est pas grave, ce sont des gosses, rien de méchant, oublions vite tout cela. Tu regardes son manteau couvert de poussière, son chapeau piétiné, l'ecchymose naissante sur sa joue, son dos voûté roué de coups, et tu comprends à travers lui que ce sont tous les Juifs d'Europe de l'Est qui sont à terre, menacés par un grave danger.

Dès lors, sous le choc, tu te mets à peindre sans répit des vues des différentes synagogues de Vilnius, des éléments de son folklore, des détails de la vie de la communauté juive. Tu les peins avec la frénésie d'un homme réalisant un documentaire sur une ville vouée à la destruction, habité par l'urgence de celui qui veut transmettre aux futures générations les images d'un monde bientôt englouti.

Cet épisode ne me laissera pas indemne non plus. Le yiddish, ma balbutiante langue maternelle, me devient plus qu'une langue, c'est un acte de résistance, un honneur, une patrie. Me vient l'envie de rédiger un texte en yiddish. Comme toi, devant le danger de sa disparition programmée, je veux témoigner de ce monde auquel j'appartiens. Je continue à passer une grande partie de mes journées alitée, mais j'écris enfin, je raconte dans des cahiers mon enfance dans une famille chaleureuse où les grandes fêtes juives rythmaient l'année et les saisons. Des pages pleines de couleurs, de saveurs, d'odeurs, de musiques, de souvenirs tendres, de nostalgie.

La tentation de rentrer au pays ne t'a pas quitté quand nous retrouvons Paris. Marina Tsvetaïeva, vaincue par les rudesses de l'exil malgré les mises en garde de Pasternak, a retrouvé la Russie, comme une fleur sauvage sa prairie. Tu rêverais de la suivre. Ton comportement me paraît d'autant plus incompréhensible que, contrairement à elle, tu as atteint ton but. Considéré à travers le monde comme un artiste cosmopolite, tu es reconnu et traité comme un des leurs par les Français. Quelle est cette coquetterie qui te pousse à te revendiquer dorénavant comme un artiste russe ? La Russie te réprouve, ton nom n'y est jamais cité, tes œuvres jamais exposées, et c'est ce pays que tu veux séduire, tel un don Juan capricieux obsédé par le seul cœur qui lui résiste ? Je ne te suis plus, la seule explication à mes yeux est que tu atteins cinquante ans et que ton angoisse profonde devant le passage du temps provoque un bouleversement intérieur qui te malmène autant que celui que nous traversons à l'extérieur.

À défaut de changer de pays, nous déménageons pour nous établir près du Trocadéro, à un jet de pierre du futur palais de Tokyo, nouvelle folie architecturale dans le style Art déco. La fortune nous a souri à nouveau : Solomon Guggenheim t'a acheté plusieurs tableaux dont *L'Anniversaire*, que je parviens à lui vendre très cher car j'y suis tout particulièrement attachée. Certes, nous sommes bien modestes comparés à une Hilla de Rebay, mais comment oses-tu encore te plaindre devant nos compatriotes qui n'ont pas eu notre chance et vivent si loin de notre confort ? J'ai même réussi, grâce au conseil avisé d'un ami, à placer de l'argent dans une banque à Londres afin de parer d'éventuelles fluctuations en France. Tes plaintes incessantes ne font qu'aggraver ton cas. Même Abram Efros, naguère ton ami et fervent admirateur, en vient à se déchaîner contre toi dans sa revue. Tout à ton introspection, replié sur tes souvenirs de jeunesse d'avant les ravages du bolchévisme, ton passé ressassé et idéalisé sous la forme d'une horloge surréaliste, motif devenu répétitif dans tes peintures, tu deviens insupportable.

Hélas, submergé par le sentimentalisme, tu poursuis dans l'erreur et les conséquences sont désastreuses. Bien que je t'en aie dissuadé, sachant que les Russes n'ont plus le droit de communiquer avec l'étranger, tu adresses à ton professeur Iouri Pen une lettre pleine de nostalgie et d'une confondante naïveté. Tu veux prendre de ses nouvelles et formules le souhait de le revoir avant sa mort. À quatre-vingt-deux ans, le vieil homme enseigne encore à l'académie que tu as fondée, rebaptisée l'École d'art technique de Vitebsk. Très apprécié de ses élèves et de ses nombreux neveux et nièces, il mène une existence paisible. Le mois suivant la réception de ta lettre, Pen est assassiné chez lui, en pleine nuit. Un neveu, une nièce et un élève de Pen seront accusés dans un simulacre de procès qui ne trompera personne. Ce procédé est signé NKVD. La vérité est que ta lettre leur est apparue comme un acte de trahison, et, à défaut de se venger sur toi, ils l'ont puni, lui. Mais ça je ne te le dirai jamais à voix haute, et je te défendrai contre ceux qui t'accuseront. Car c'est le gouvernement de ce maudit pays qui est seul coupable. Au moins, ce triste épisode te fera renoncer définitivement à tes perspectives de retour en Russie.

La mort brutale de Pen, ton ambivalence envers ton pays d'origine, ton incertitude quant à ton identité d'artiste et d'homme, autant de thèmes qui traversent le tableau le plus important de cette période : *La Révolution.* On y voit Lénine tenant en équilibre d'une main sur une table, à l'image d'un pays qu'il a mis sens dessus dessous. À cette même table est accoudé un Juif en prière avec les phylactères, près d'une Torah et d'un samovar. Plus loin, un âne est assis sur une chaise. Au premier plan du tableau, un mort est allongé dans la neige. À gauche, une troupe d'insurgés en marche brandit des drapeaux, à droite, des amoureux tremblent, apeurés. *La Révolution* est la première d'une série d'œuvres politiques, tu t'engages frontalement dans ton époque.

En ce printemps endeuillé, c'est à une France prise en tenaille entre l'Allemagne nazie et l'Espagne en proie à la guerre civile que tu demandes notre naturalisation. Mais elle n'est pas facile à obtenir pour deux Juifs d'Europe de l'Est, d'autant plus quand l'un a été fonctionnaire du régime bolchévique. Heureusement, grâce à l'intervention de Jean Paulhan et au soutien de nombreux intellectuels, nous devenons citoyens français le 4 juin 1937. C'est une joie immense et même une délivrance. La police a tout de même refusé de remplacer Moïse par Marc sur ton passeport.

Au même moment, une exposition intitulée « L'Art dégénéré » est inaugurée à Munich, et tu y occupes une place de choix.

XXII

Crucifixion blanche

TES TOILES, CES EXTENSIONS DE TOI-MÊME, authentiques fruits de ton âme, subissent la haine des nazis. Celles de tes premières années à Paris, autrefois acclamées par la presse et les collectionneurs allemands, sont aujourd'hui conspuées, remisées dans des caves, et pour certaines brûlées en place publique. Tes Juifs verts, violets et rouges surgissant de terre, jouant du violon ou volant dans les airs, sont moqués, raillés, souillés, victimes symboliques de la catastrophe qui s'annonce. Et ce sont mille clous plantés dans ta chair.

En réaction à la tragédie qui se joue en Allemagne, tu pars te ressourcer en Italie, à Florence, devant les tableaux des géants de la peinture, le Tintoret et Michel-Ange, mais aussi Titien et Véronèse, les maîtres vénitiens de la couleur. Je t'accompagne. Ton intuition te pousse à t'éloigner des capitales pleines de rumeurs et d'agitation sociale.

À notre retour, sous l'influence de la Renaissance italienne dont tu t'es repu, ton style évolue vers une dimension plus poignante. Les toiles qui en découlent ont pour nom *La Madone du village*, *Les Trois Bougies* et *Crucifixion blanche*. Dans *La Madone du village*, les seins lourds sous ma robe de mariée, je tiens un enfant dans mes bras et m'élève dans le ciel bleu vert au-dessus de Vitebsk. Un ange baise mon front ; je suis la madone d'une humanité plus que jamais vulnérable et menacée.

Les Trois Bougies nous représente tous les deux isolés dans un décor hostile, serrés l'un contre l'autre, fixant d'un même regard inquiet les trois flammes, comme si elles allaient s'éteindre pour notre plus grand malheur. J'y vois un écho à mes *Lumières allumées*, le récit de ma jeunesse dont je poursuis l'écriture dans l'espoir que mes souvenirs me survivent. Presque d'une même voix, nous lançons un appel au reste du monde : ne nous oubliez pas. En privant de couleurs *Crucifixion blanche*, tu en as fait ton chef-d'œuvre et un manifeste politique à l'égal du *Guernica* de Picasso. Sa puissance tragique me coupe le souffle. Aux yeux de certains critiques, tu t'élèves là au niveau des grands peintres de l'époque qui en dénoncent les souffrances.

Tout au long de l'année 1938, tu te consacres à la finition de ces trois immenses tableaux, conçus tel un triptyque sacré. La scène de la madone à l'enfant et celle ivoire de la crucifixion sont traitées dans une perspective judaïque et résolument moderne. À travers elles, tu témoignes des événements en cours et de la position désespérée des Juifs d'Europe au moment où les nazis prennent des mesures toujours plus radicales contre eux.

Les Goll nous ont alertés les premiers, elle par son désespoir lucide et son écriture amère, lui parce qu'il entretient une liaison passionnée avec une Allemande et se trouve à Berlin lors de la Nuit de cristal, nuit de folie meurtrière de celui qui n'est pas encore le Führer.

Au printemps 1939, ils viennent nous voir dans la ferme de la vallée de la Loire où tu t'es retranché pour te consacrer tout entier à tes toiles. Ils nous font part des plans complexes qu'ils ont élaboré pour rejoindre l'Amérique en passant par Bruxelles. Ils veulent nous convaincre de les suivre, mais nous n'en sommes pas encore à chercher des issues de secours, même si nous savons que la guerre se rapproche et que l'Amérique est peut-être le seul espoir de l'Europe.

« Tant mieux, te dis-je une fois les Goll repartis, ce serait ajouter au malheur que de traverser le pays en compagnie d'une couple aussi pervers ! »

Tu ris.

Tu te concentres sur *Crucifixion blanche*, que tu ériges en emblème tragique de l'histoire contemporaine. Ton interprétation de cette scène religieuse, mille fois représentée, est inédite et subversive. À la figure christique de la rédemption et du salut, tu préfères un Jésus souffrant et juif, la taille ceinte d'un châle de prière transformé en pagne, un homme figé dans sa douleur, les yeux clos tel un prophète réduit au silence. Tout autour figurent des scènes disparates de violence : des soldats portant un drapeau rouge détruisent un *shtetl*, un incendie ravage des maisons, un soldat au brassard orné d'une croix gammée met le feu à une synagogue, des Juifs à terre pleurent. Tu travailles sans relâche et achèves ton triptyque juste avant la destruction totale de Vitebsk. Notre village natal n'est plus.

Quand, sous le choc, je t'apprends la nouvelle, tu es dévasté. Dès lors, tu reprends certains de tes thèmes des années 1920, les fleurs, le cirque, les portraits de ma jeunesse. Pourquoi ? Sans doute par besoin de t'évader, de t'alléger. Je ne suis pas d'accord, je te reproche de tomber dans la facilité, je te le dis, mais tu ne m'écoutes pas.

Tu m'obliges à poser dans ma robe de mariée et j'y suis raide comme une morte, sèche comme le pétale de rose dans l'herbier.

Pourtant, ce tableau, *Les Fiancés*, sera récompensé par le prix Carnegie 1939. À la lumière des événements qui suivront, cette consécration peut être vue comme un subtil appel de l'Amérique, et, en ce qui me concerne, le signe que la faucheuse est en marche.

Par un de ces matins d'été où l'orage gronde, une pluie blanche et drue nous empêche de sortir prendre le café au village, aussi sommes-nous chez nous quand le téléphone sonne. Comme souvent, c'est moi qui décroche. Une voix inconnue m'apprend la mort violente de Vollard dans un accident de voiture à Versailles. C'est un choc, le sol se dérobe sous nos pieds. Tu n'as jamais cessé d'aimer cet homme à l'enthousiasme génial et communicatif.

Un mauvais pressentiment m'étreint. D'abord Pen, puis cet accident, je ne me fais plus d'illusions : un torrent de feu va dévaler des cieux, ravageant tout sur son passage.

Ce même été, la Russie signe le pacte germano-soviétique de non-agression. Cette alliance avec le diable, pourtant prévisible, te terrorise. Idotchka, qui nous a rejoints, temporise, tout cela n'est qu'un jeu stratégique entre Hitler et Staline. Mais dans ton délire, persuadé que le paysan qui nous loue sa ferme veut notre mort, tu nous barricades en attendant de trouver un lieu plus sûr. Impossible de te raisonner.

Nous dénichons un nouveau repaire dans le petit village calme et arboré de Saint-Dyé-sur-Loire. Nous n'avons pas ouvert nos valises que la France et l'Angleterre confirment tes pires soupçons en déclarant la guerre à l'Allemagne. Ces quatre mots me terrassent : la guerre est déclarée ! Ils n'ont rien d'abstrait pour moi, je connais les horreurs qu'ils convoquent. J'ignore toutefois que cette guerre-là sera encore plus sale et inhumaine que l'autre. Paralysée par l'angoisse, je ne peux plus bouger de mon lit.

Ida t'accompagne récupérer les toiles restées dans ton atelier de Paris. Il règne une effervescence surprenante dans la capitale, comme tu me l'écris en arrivant, les projets et les expositions se multiplient. Yvonne Zervos te demande certains de tes grands formats pour l'inauguration de sa nouvelle galerie. Tu lui en laisses plusieurs, dont *Révolution*, renommé sagement *Composition* et exposé dans l'arrière-salle. Tu te doutes bien que ce réquisitoire contre la guerre risque de ne pas être du goût de tout le monde. Depuis mon lit où je t'envoie plusieurs missives, je t'exhorte à la prudence.

Selon les dernières rumeurs que tu rapportes de tes allers-retours à Paris, la Loire risque de devenir une importante ligne de repli militaire. Nous décidons de partir vers le Sud, en embarquant Idotchka, dont le mari a été mobilisé. En route, nous faisons halte à Gordes, un antique village provençal perché sur un éperon rocheux du Luberon, à l'écart des chemins touristiques et peuplé de bâtisses en ruines. En nous promenant parmi ses hautes maisons de pierre blanche, pour la plupart abandonnées, dans ses ruelles tortueuses et en pente où alternent la lumière la plus crue et l'ombre la plus épaisse, nous avons un coup de foudre pour une ancienne école que nous achetons sans délais. C'est à se demander ce qui nous a pris, après un premier achat immobilier en 1929 juste avant la crise. En ce qui concerne celui-ci, nul besoin d'être pythie pour savoir qu'il précède des événements autrement plus dramatiques. La vérité est que rien ne nous semble plus sécurisant que d'avoir notre toit à nous, en France. Nous n'avons pas ménagé nos efforts pour hâter notre assimilation, nous avons lutté et luttons encore contre notre nostalgie et notre position ambivalente, nous sommes allés jusqu'à devenir citoyens français, persuadés que ce pays défendra à jamais la culture et la civilisation. Admettre qu'il pourrait ne plus être ce cocon protecteur est au-dessus de nos forces.

Le jour où nous partons chercher les toiles restées à Saint-Dyé, les Allemands entrent en Belgique. Puis en Hollande, et finalement en France le 12 mai 1940. Tandis qu'Ida et moi t'aidons à installer ton atelier dans la pièce principale qui offre une vue splendide sur la garrigue et les champs de lavande, Paris tombe, l'armistice est signé et partage le territoire en deux zones : un petit quart de France libre au sud et les trois autres occupés. Le pays s'effondre à la vitesse d'un château de cartes, ce qui nous prend tous de court. Jacques et Raïssa Maritain sont à New York. Les Goll aussi. Les Delaunay, eux, sont plus au sud, où Robert meurt à petit feu de son cancer. Nous, nous sommes comme le hérisson pris dans les phares, tétanisés. D'autant plus que, en cet été 1940, alors que femmes, enfants, hommes et bétail se précipitent sur les routes pour échapper à l'ennemi, Gordes semble baigner d'une paix inaltérable. Le silence y est inquiétant. On n'aperçoit là aucun soldat, aucun véhicule militaire. Notre gendre, démobilisé, est venu nous rejoindre. C'est un homme bon et doux que nous apprécions sincèrement, et nous profitons tous les quatre de la tranquillité qui nous est accordée. Elle est de courte durée : Pétain au pouvoir établit une commission chargée d'examiner le cas des personnes naturalisées après 1927, c'est-à-dire toi et moi.

À l'automne, les feuilles des arbres tombent à l'unisson des premiers décrets antisémites, les Juifs sont écartés de la fonction publique et de l'université. Et cela concerne directement certains de nos amis. Est-ce possible que la France nous chasse ? Va-t-on devoir partir ? Encore ? Pour aller où ? Tu ne vendras plus de tableaux dans une Europe déchirée par la guerre. Reste l'Amérique, mais il faut compter des mois pour obtenir une sortie de territoire et un visa. Je voudrais ne plus bouger, dormir et écrire jusqu'à ce qu'ils viennent nous chercher. Un nouvel exil ? À presque cinquante ans ? Non, laissez donc la vieille femme, laissez-la, prisonnière de ses souvenirs qu'elle rédige patiemment, elle s'éteint doucement. Son mari veille auprès d'elle, il peint. Lui non plus ne veut pas repartir, il veut peindre jusqu'au bout, il n'aime pas voyager.

7 juin 2014

Je n'ai aucun sens de l'orientation, mais je sais exactement quelles rues prendre pour me rendre au MAHJ, le musée d'Art et d'histoire du judaïsme, en plein Marais. Facile, tu me souffles le chemin à l'oreille ! Pourtant, en traversant la cour d'honneur inondée de soleil de l'hôtel de Saint-Aignan, je remarque la pierre blonde du XVIIe siècle, les fenêtres majestueuses typiques de l'architecture française classique de cette époque, et le doute me traverse, suis-je au bon endroit ? C'est alors que je vois, occupant tout le milieu de la cour, l'emblème du musée : la statue en fonte du capitaine Dreyfus, droit comme une flèche tendue vers le ciel, droit dans ses bottes, digne. L'histoire de ce capitaine réhabilité a rendu espoir à tant de Juifs en France qu'il est devenu un symbole.

J'entre dans le musée et gravis l'escalier. Un de tes tableaux est exposé au premier étage, tandis que les trois plus beaux sont au deuxième. J'admire trois trésors de ma période préférée. C'est incroyable de voir ces œuvres que tu as cru perdues à jamais. *Le Salut*. Tu étais à peine revenu à Vitebsk que la guerre était déclarée, tu passais des journées à errer dans la gare, observant ces gaillards obéir aux ordres, répondre à l'appel du sang avec le même allant que pour un pogrom, sauf que cette fois-ci ils étaient eux-mêmes la chair à canon. *La Mort*. Un de tes premiers tableaux, volé par ton marchand allemand, Walden. Tu étais encore élève chez Bakst quand tu l'as peint et logeais chez ta mère. Bella avait été chavirée, comme je le suis à présent, devant l'expression de ton génie si précoce, ta maîtrise de la couleur, du symbole. On y voit la veuve éplorée sortir du décor par une fenêtre. La vie est un théâtre, et la vie est un cercle de naissance et de mort, c'est ce que je t'entends me dire à travers ce tableau. Enfin, *Les Amoureux en gris*, peint juste après votre mariage alors que vous viviez à l'écart de l'effroi du monde dans la datcha des Rosenfeld. Tu te reposes sur Bella en toute confiance, elle perce l'avenir de ses yeux devenus gris perle par un caprice de ton pinceau. Votre romance était aussi pure que la neige. Oui, je m'en souviens, ces éclats de bonheur sont aussi les miens. Comme c'est étrange, ce lien qui nous unit, Chagall !

Quand je suis ressortie du musée, tu murmurais à mon oreille, tel un mantra, « Bella, croire en la survie de l'âme, c'est croire au pouvoir de l'amour qui illumine les chemins de la vie et de l'au-delà. Rien n'a de fin. »

Dans les rues du Marais historique, je remarque des détails que je n'avais jamais vus, des plaques commémoratives qui sont comme des plaies recousues qu'on prendrait soin d'exhiber, des cicatrices qu'on ne veut pas oublier. À l'intersection de la rue des Rosiers et de la rue des Hospitalières-Saint-Gervais, il y a un lieu récemment renommé le « Parvis des 260 enfants ». La plaque commémorative explique que, pendant la Seconde Guerre mondiale, deux cent soixante élèves juifs de cette école furent déportés, et qu'aucun ne revint. Au fronton de l'établissement scolaire, il y a une plaque dédiée à Joseph Migneret, instituteur et directeur de cette école, qui sauva des dizaines d'enfants juifs, au péril de sa vie. Il leur a fourni des faux-papiers, les a cachés chez lui. L'instituteur est mort en 1949 et figure parmi les Justes de la nation.

Au pied de la synagogue, un groupe de jeunes hommes en costume et chapeau noir jouent de la musique. Certains ont une longue barbe et des papillotes. Eux ont dû traverser le siècle cachés dans tes tableaux, Chagall !

Je dépasse la petite place Saint-Paul, le « Pleztl », et avise devant l'église un banc vide où je m'assois. Soudain, j'entends un grondement, ta voix jusque-là si douce s'élève d'un coup. C'est douloureux, je porte la main à ma tempe, je voudrais chasser le bruit. Rien à faire, je dois t'écouter : « Qu'attends-tu pour te mettre au travail, Bella ? Tu m'as promis. Il est temps de raconter notre histoire. »

Ce matin, je me suis levée galvanisée par une joie nouvelle qui irradiait dans ma poitrine, redressait mes épaules, mon dos. Chagall m'avait confié une mission, je m'y engagerai corps et âme, « avec mes sept doigts ». Oui, j'aurai l'audace de raconter une histoire d'amour absolu qui ne connaît ni les frontières du temps ni celles de l'espace.

XXIII

Le Juif au baluchon

Si nous étions résolus à ne pas quitter notre terre d'adoption, c'était sans compter la détermination d'Ida ! Prenant le problème à bras-le-corps, elle a mobilisé notre réseau en France et, surtout, à New York. Les États-Unis ne sont pas encore en guerre et ils ont maintenu leur ambassadeur auprès du gouvernement de Vichy. Fort de sa renommée internationale, Chagall est un cas prioritaire parmi tous les Juifs à sauver en Europe. C'est ainsi que nous nous retrouvons en tête de la liste de Varian Fry, ce bel Américain, goy et vertueux, qui s'est donné pour mission de sauver tous les artistes juifs menacés. Sous l'impulsion de Hilla de Rebay, Solomon Guggenheim garantit notre sécurité financière et t'offre un prétexte de voyage que tu ne peux refuser : une exposition au musée d'Art moderne de New York. Ainsi, il s'agit d'un déplacement professionnel, non d'un exil, et chacun sait que ta peinture passe avant tout.

Lorsque Fry débarque chez nous avec sa grosse voiture américaine pour nous aider à fuir, tel le génie surgi de la lampe d'Aladin, il est un peu décontenancé par nos hésitations. Serions-nous inconscients ? Fry nous parle de déportations, de camps de prisonniers pour les Juifs à moins de quatre cents kilomètres de Gordes, d'assassinats antisémites. Je suis horrifiée, mais ne le suis pas moins à l'idée de partir. Je voudrais ne jamais embarquer sur ce bateau, je sais que là-bas sera ma tombe. Quant à toi, tu lui demandes s'il y a des vaches en Amérique, tu ne peux te résoudre à vivre dans un pays où il n'y aurait pas de vaches, lui expliques-tu. Pauvre Fry, cet homme si dévoué et à qui nous devons tant n'a pas vraiment goûté ton humour. Quand, au moment de partir, il nous annonce que, en dépit de tous ses efforts, il manque des visas pour Ida et son mari, c'en est trop. Nous étions en train de boucler nos valises, nous nous asseyons dessus, résolus à rester. D'autant qu'Ida se démène pour transférer tes tableaux hors de France. Partir sans elle est au-dessus de nos forces ! Fry, avec son inflexible lucidité, nous conjure de quitter le pays avant qu'il ne soit définitivement trop tard. Ida et son mari, promet-il, nous rejoindront à Marseille d'ici peu.

À Marseille, nous retrouvons la foule, le bruit, la saleté. La cité phocéenne grouille de milliers de Juifs apeurés, en attente de visas, d'argent pour acheter leur billet, d'espoir pour avoir envie de vivre et de lutter. Marseille nous plonge dans l'atroce réalité d'un peuple traqué, à bout de ressources. Notre chance est insolente en comparaison. Comment s'en réjouir ? Sur la photo en noir et blanc qu'a prise Michel pour immortaliser le jour de nos retrouvailles, nous sommes tous les deux entourant notre fille sur le balcon de notre chambre d'hôtel, Ida semble te soutenir tandis que tu agrippes la rambarde et fixe l'objectif d'un œil hagard, épuisé.

Quelques jours plus tard, la première rafle a lieu au hasard, dans une rue de Marseille où tu te trouvais, et tu es emmené au commissariat central. Affolée, j'appelle Varian Fry, qui téléphone sur-le-champ au commissaire, le menace de livrer l'information au

New York Times et de créer un scandale international si Chagall n'est pas relâché dans la demi-heure. Tu es aussitôt libéré. Nous avons évité le pire. Qui sait ce qu'il est advenu des autres prisonniers ? Les rumeurs courent à ce sujet… La France est au bord du naufrage, l'air pèse toujours plus lourd sur nos épaules et le souffle vient à nous manquer.

Matisse, Cendrars et Gide fondent un comité pour soutenir financièrement l'agent américain. Trop tard. Fry, qui a déjà aidé de trop nombreux Juifs pour que son activité soit tolérée plus longtemps sur le sol français, nous presse de le suivre à Lisbonne d'où les bateaux partent pour l'Amérique. La date de départ est fixée au 7 mai, le 7 t'a toujours porté chance. Et cela se vérifie. Le matin de notre fuite, des camionnettes de police sillonnent la ville à la recherche de réfugiés. Ils arrêteront mille cinq cents personnes.

À bord d'un train bondé, nous franchissons la frontière espagnole et arrivons au Portugal quatre jours plus tard. À Lisbonne, il faut encore attendre, attendre et espérer. Le pressentiment que je ne reverrai plus l'Europe du jour où j'embarquerai pour l'Amérique ne m'a pas lâchée. Je te fais promettre de ramener ma dépouille en France. Pauvre homme ! Ces mots te mettent dans une terrible colère. Où est donc la Bella forte et rassurante, la mère protectrice, la muse radieuse ? Comme il me blesse, ce regard que tu me lances. Tu es à cran. Tes toiles sont bloquées en Espagne, et il y en a pour sept cents kilos en tout. C'est toute ta vie qui est en suspens. L'angoisse te suffoque et, au lieu de te soutenir, je professe des paroles de malheur qui nous enterrent quand il faudrait nous battre.

« Reprends-toi, Bella ! Ne deviens pas un fardeau, j'ai déjà mon lot. »

Je te regarde, estomaquée. Tu ne penses pas ce que tu dis, n'est-ce pas?

Pendant ce temps, notre intrépide et courageuse Ida fait jouer ses carnets d'adresses français, espagnol et américain pour débloquer tes œuvres à la douane. Elle retourne même à Gordes avec Michel chercher tes dernières toiles, ce qui est une folie, car, déchus de leur nationalité française, ils sont en grand danger. Que ne ferait pas ta fille pour briller à tes yeux? Quand Michel se fait arrêter, Fry a déjà les poings liés, il ne peut plus rien faire, c'est trop tard. Ils risquent d'être bloqués en France toute la durée de la guerre.

Nous sommes au désespoir. Incapable de peindre, tu choisis d'exprimer ta souffrance et tes craintes en griffonnant des poèmes en yiddish.

« Que mes larmes sèchent
Et que mon nom de la pierre s'efface
Je deviendrai, comme vous, une ombre
Et je me déferai comme fumée. »

Lorsque tu reliras ces vers après la guerre, après la découverte des camps, tu seras saisi par leur valeur prophétique.

À la mi-juin, nous quittons Lisbonne à bord d'un transatlantique portugais, le *Pinto Basto*. Tandis que le navire s'éloigne lentement du port, j'ai l'impression que mon cœur accroché à la rive se déchire. Comment est-ce possible de partir sans savoir si nous reverrons un jour notre Ida, tes tableaux, notre chère Europe?

« Te souviens-tu, Bella, du Juif au baluchon dans mon tableau *Au-dessus de Vitebsk*? C'est moi, c'est nous, c'est tous ces gens qui nous entourent… Un Juif à baluchon parmi ses Juifs à baluchon fuyant sur le même bateau, je n'ai jamais rien vu d'aussi triste. Et notre fille, où est-elle ? Puisse Dieu veiller sur Ida ! »

Tu pleures. Mais je n'ai même plus la force de te consoler.

XXIV

Lumières allumées

APRÈS UNE DIZAINE DE JOURS passés en mer, agglutinés sur le pont avant et les bastingages, nous rêvons tous de la terre ferme. Alors, quand le navire passe devant la statue de la Liberté, certains agitent un petit drapeau américain, d'autres crient leur joie, leur délivrance, ou leur espoir, « *God bless America* ». Ils sont sauvés, ils ont échappé aux rafles, aux mesures discriminatoires, à la mort inéluctable. Suis-je la seule à claquer des dents, transie dans mon manteau de fourrure malgré le beau soleil de juin ? Tandis que je me laisse bousculer par la foule impatiente de descendre du bateau, je ne te vois plus. Es-tu déjà sur le quai occupé à réceptionner nos bagages ?

La tête me tourne en posant le pied à terre, je trébuche et me rattrape au bras d'un officier. Il n'y aura pas de retour en arrière, en débarquant j'ai le sentiment foudroyant d'un geste irréversible. Je lève la tête vers les gratte-ciel tandis que les officiers et membres d'équipage, impeccables dans leur costume blanc, remontent à bord et s'affairent pour vider le navire au plus vite avant leur prochaine traversée. Dieu que j'aimerais qu'ils me ramènent ma fille !

Pierre Matisse est venu nous accueillir. Il est désormais propriétaire d'une galerie qui soutient les artistes européens. Il n'est pas un intime, mais son beau visage sévère et sombre me donne l'illusion un instant que nous n'avons pas quitté Paris, où nous l'avons rencontré. Pourtant c'est tout le contraire, il est ici pour te guider sur ces nouveaux rivages. Même s'il semble heureux de te retrouver, ce jeune homme bien élevé, attentif aux autres, remarque immédiatement ma grande fatigue et s'empresse de héler un taxi qui doit nous conduire à l'hôtel qu'il t'a réservé près de sa galerie.

Sitôt assis dans sa voiture jaune pétard, le chauffeur nous embarque à toute allure dans les artères vides. Après quelques minutes, il menace de nous larguer au prochain feu car nous n'avons pas de dollars comme tu le lui expliques tant bien que mal dans ton mauvais anglais. Finalement, nous trouvons une banque ouverte où tu vas échanger nos francs. *« Hurry up, time is money, time is money »*, il exige de se faire payer le double de la course inscrite au compteur quand enfin il nous dépose à l'adresse de l'hôtel écrasé par les buildings aux alentours.

Une fois nos bagages entassés dans la minuscule chambre, je me penche par la fenêtre pour juger de la hauteur. Nous sommes au quatorzième étage et nous semblons ridiculement bas par rapport aux géants d'acier vitré qui nous cernent. Voilà, me dis-je, vaincue d'avance, c'est dans ce décor qu'il va falloir se réinventer. Les vers du poème de Kipling « Tu seras un homme, mon fils », que tu t'amusais à faire réciter à Ida quand elle était petite, tournent dans ma tête : « Si tu peux voir détruit l'ouvrage de ta vie / Et sans dire un seul mot te mettre à rebâtir, / Ou perdre en un seul coup le gain de cent parties / Sans un geste et sans soupir ; [...] »

Le lendemain de notre arrivée, les Guggenheim nous organisent une visite en bateau autour de Manhattan, et Hilla de Rebay insiste pour nous prêter sa voiture avec chauffeur afin de faire la tournée des appartements à louer.

Tu es d'emblée fasciné par New York, par son rythme effréné, son énergie, sa monumentalité, et tu veux le faire savoir. Je ne partage pas ton point de vue, loin s'en faut, mais je me tais. Tu acceptes de poser pour une photographie où tu apparais en pleine rue, le bras dressé tel le migrant victorieux bien décidé à laisser son empreinte sur le Nouveau Monde. Tu portes un pantalon informe, une blouse de peintre d'un blanc terne, déchirée au cou, on dirait Charlot sans le chapeau, ni l'éclat, ni la poésie, j'ai honte ! Il devient urgent d'assortir le dehors au dedans. Je t'achète des chemises d'été à carreaux mauve et rose ou vert et jaune que j'assortis à des vestes de velours léger, bleu outremer ou prune. Ainsi vêtu, tu peux te présenter avantageusement au public qui se presse aux conférences que Solomon Guggenheim a organisées pour accroître la visibilité de ton exposition. Tu y parles de ton arrivée à New York comme d'un miracle et tu pousses si loin l'hyperbole du rêve américain que soudain les choses s'illuminent dans mon esprit ! Tu t'es composé un masque pour dissimuler tes peurs, tes doutes et ta nostalgie. Tu t'efforces de voir la lumière au bout du couloir, la foi chevillée au corps. Et les nouvelles t'y encouragent puisque, le 14 juin, peu avant notre départ de Lisbonne, les Américains ont décidé du gel des avoirs allemands. Et en août, Roosevelt signe avec Churchill le pacte de l'Atlantique, dont la Russie fait partie. « Tu vois Bella, tu ne fais pas suffisamment confiance à ce pays. Il est notre chance. Il faut y croire. »

En te promenant dans les ruelles au sud de Manhattan, tu fais la connaissance de commerçants venus eux aussi de la Zone de résidence. Désormais tu t'y rends régulièrement pour leur acheter du pain et de la carpe farcie. Avec eux, tu peux converser en yiddish et te réjouir des bonnes nouvelles que vous vous répétez, cela vous permet d'oublier les autres, la peine, le remords d'avoir laissé au pays de vieux parents, des frères, des sœurs et même des enfants. Vous vous entraînez à la joie avec l'obstination d'un paralytique voulant courir le cent mètres! Malgré vos efforts, vous restez des exilés pathétiques, rattrapés par votre passé et affligés par la tragédie qui se joue en Europe.

Pour ma part, je passe le plus clair de mon temps à la lueur de mes *Lumières allumées*. Je me consacre à ce récit avec une urgence qui me fait penser que mes jours sont comptés.

Ces lignes, je les dédie à mes parents, à mes proches disparus, à Vitebsk qui n'existe plus. J'imagine ses places et ses maisons en bois réduites à un tas de cendres, les charniers à l'air libre. Mon livre est une planche de salut, la seule que j'espère sauver de l'édifice écroulé de mes années dans le *shtetl*.

Quand tu viens me rejoindre dans la petite chambre d'hôtel, nous écoutons des heures entières les nouvelles de l'Ancien Monde à la radio, la bouche sèche, les yeux clos, blottis l'un contre l'autre. L'Allemagne, qui t'a un jour célébré et a permis notre union en t'auréolant de succès, est en train de détruire le monde dans lequel ton art prend racine. L'ironie de la vie est sans limite. De grands intellectuels et artistes allemands, le sourire en coin, observent à travers leur monocle leurs compatriotes se transformer en barbares et venir balancer nos frères dans le fleuve depuis le pont, les enterrer vivants, les incendier, les piller. Après Vitebsk, c'est au tour de Smolensk de tomber aux mains de l'ennemi. Vient ensuite le siège de Léningrad, puis le massacre de trois cent mille juifs à Kiev. Trois cent mille ! Le nombre est vertigineux, rends-toi compte, c'est deux fois la population de Vitebsk. Et ça continue, on apprend que l'armée allemande est aux portes de Moscou, c'est la débâcle. Les civils se jettent sur les routes, cherchant à fuir par tous les moyens. Oh, Ida ! J'ai envie de hurler ton nom. Que se passe-t-il en France ? Où es-tu ? Nos prières suffiront-elles à te sauver ? Es-tu seulement en vie ?

Un matin, tu craques, le masque tombe. Et tu t'en prends à moi.

« Tu vois bien que je suis incapable de travailler ici ! Et toi qui te laisses complètement aller, tu ne sors plus de ton lit et vis dans le passé ! Pourquoi t'infliger cette torture ? Pourquoi remuer le couteau dans la plaie ? Pose ce stylo, bon sang, reviens à moi ! »

Je cède. Malgré ma tête prise dans un étau, je m'extrais du lit, fini la torpeur, fini de me blottir dans mes souvenirs. Oui, je reviens à toi. Depuis que nous sommes mariés, tu n'as jamais peint sans que je sois penchée sur ton épaule, tu as besoin de mon regard, de ma présence patiente, de mon écoute. Qu'à cela ne tienne, je vais te trouver un atelier digne de ce nom. Et pour ça, je passe les coups de fil qu'il faut.

En juillet, nous partons pour le Connecticut visiter plusieurs maisons en location. Nous faisons étape dans une auberge à New Preston où tu te lamentes dès notre arrivée, tu te sens mal à l'aise parmi tous ces goys, pas l'ombre d'un demi-juif ici, même le concombre est américain ! Comment être inspiré dans un endroit pareil ? Et puis, que doivent-ils penser de nous, ces Américains, ces « gentils* » ? Nous ne tardons pas à quitter les lieux. Je sais ce qui

* « Gentils », du latin *Gentiles* (nations), est la traduction habituelle en français de l'hébreu *Goyim* (nations) qui finit par désigner les non-Juifs.

t'agite, c'est ce qui me clouait au lit. Tant que nous n'aurons pas de nouvelles d'Ida, tu ne tiendras pas en place, je crains que tu ne deviennes fou, mes fragiles remparts sont sur le point de céder, et tu verrais alors mon vrai visage, la vieille femme rongée par la peur.

Enfin, début septembre, le soulagement tant espéré arrive : Ida et Michel sont en vie ! Mieux encore, ils ont traversé l'Atlantique à bord d'un navire espagnol, le *Navemar*, et Ida a réussi l'exploit d'embarquer avec tous tes tableaux, notamment grâce à l'aide d'un conservateur du musée du Prado. Telle une lionne veillant ses petits, elle est restée juchée sur la caisse les contenant jusqu'au débarquement. Tout arrive en parfait état tandis que les bagages des autres passagers, entreposés en fond de cale, ont pris l'eau. Contraints à de nombreux détours pour échapper aux sous-marins allemands, ils ont mis quarante jours pour atteindre New York – d'ailleurs, sur le chemin du retour, leur bateau sera torpillé. Les conditions de vie à bord étaient épouvantables : épidémie de typhoïde, viols, vols, crasse, Ida est malade, mais elle est en vie. Nous voilà tous réunis sur cette terre baptisée le Nouveau Monde. Tu es au complet avec ta femme, ta fille et tes œuvres. C'est un miracle.

Cependant, malgré le sourire retrouvé d'Ida, la gentillesse de Michel, tes toiles sauvées des nazis, malgré tous ces cadeaux de Dieu, tu ne te remets toujours pas à peindre. Je tâche de t'y aider en reconstruisant autour de toi le cocon protecteur d'autrefois. Au numéro 4 de la 74e rue, où nous déménageons, nous recevons à nouveau des intellectuels, et surtout les Maritain, les Goll et les Opatoshu avec qui nous formons un petit cercle soudé. Dans une certaine mesure, j'essaie de faire renaître un bout de Paris à New York. J'instaure chaque dimanche le rituel du thé accompagné du fameux gâteau à la banane dont je tiens la recette de ma mère. Meyer Shapiro, le critique d'art, en raffole et vient régulièrement. Ensemble vous discutez en yiddish sur les sujets qui te passionnent.

Pour égayer notre intérieur, j'ai accroché des châles aux murs comme je l'ai toujours fait, mais l'heure est au chagrin. Tu répètes que tu es trop vieux, épuisé, brisé. Goll compose son long poème à la France qu'il regrette d'avoir quittée, Raïssa se lance dans l'écriture de ses Mémoires en français. Peut-être l'Amérique est-elle trop différente, trop loin de notre chère Europe, et notre avenir trop incertain. Ida nous a raconté des histoires que lui a confié un rescapé des camps, rencontré sur le *Navemar*. Je n'arrête plus d'y penser. Nos nuits ne sont que cauchemars, nous nous cachons l'un de l'autre pour pleurer.

Ida, bien décidée à s'occuper de nous, me prête main forte pour transformer une chambre de bonne en atelier. Tu y accèdes par un escalier extérieur en fer depuis une des fenêtres de l'appartement.

Tu finis par te remettre au travail à l'automne 1941. Mais aucune évolution de ton style n'accompagne notre nouvelle vie. Tu reprends laborieusement des crucifixions, des scènes de Vitebsk incendiée sous la neige, parfois une tour Eiffel au clair de lune. Tu symbolises l'horreur de la guerre et de ses persécutions à travers des motifs familiers, comme ce Juif crucifié à face d'horloge enserré dans une vieille pendule. Sous une apparence de vigueur et de résistance, ta peinture trahit un malaise et une lassitude. La fraîcheur a disparu dans ces tableaux qui imitent, en moins bien, les anciens. Je choisis de ne pas t'avouer ma déception et me contente de t'approuver du bout des lèvres. Malheureusement, je ne suis pas la seule à regretter ta palette vive et singulière, tes nouvelles œuvres suscitent bien peu d'entrain dans la sphère artistique new-yorkaise où l'art abstrait américain domine. Même les surréalistes européens comme Marx Ernst ou les toiles abstraites de Mondrian n'attirent plus. Ta peinture figurative est jugée trop narrative, trop précieuse, voire désuète. L'Amérique te snobe, mais le plus grave, c'est que tu sembles ne pas t'en soucier et ne fais aucun effort pour y remédier.

Dieu soit loué, cela ne décourage pas Pierre Matisse de te réserver le meilleur accueil dans sa galerie, où se retrouvent tous les artistes européens de New York. Il décèle dans tes toiles la manifestation de ta nervosité et de ton manque d'assurance, aussi te prend-il sous son aile. Fils de peintre, élevé parmi les peintres, il connaît tout de vos peurs et de vos passages à vide, et, pour lui, le travail d'un marchand est de vous soutenir lors de ces tempêtes. Le contrat d'exclusivité qu'il signe avec toi t'assure un revenu régulier, calme une partie de tes angoisses, et te permet de poursuivre ton travail. Cet homme réservé ne sera jamais pour toi l'âme sœur qu'a été Vollard avant-guerre, mais il est loyal et droit, et grâce à lui nous évitons un désastre.

Rapidement, il organise plusieurs expositions. En marchand avisé, il commence par une rétrospective de tes années 1910-1914, avec vingt et une toiles qui toutes semblent annoncer le surréalisme. Par ce geste habile, Pierre Matisse te rend la place qui t'est due. Dans la foulée, suit une exposition sur le thème de la figure humaine dans la peinture moderne, moyen subtil de démontrer au public américain que la peinture figurative n'a pas dit son dernier mot dans l'avant-garde européenne. Tu te retrouves aux côtés de Balthus, De Chirico, Matisse et Derain. Enfin, ce collectionneur au goût sûr et régisseur hors pair, qui contrôle tout, de l'éclairage à l'accrochage, du catalogue aux invitations, monte une troisième exposition en 1942 intitulée « Artistes en exil ». Il accomplit le tour de force de réunir les plus grands artistes de la scène européenne, composant un groupe dont aucun marchand n'aurait pu rêver sur le Vieux Continent. Sur la photo de l'exposition qui compte quatorze artistes, tu es au premier rang, l'air sombre, entre Fernand Léger et Marx Ernst. Je sais pourquoi tu es furieux, tu ne supportes pas de partager l'affiche, tu voudrais être le seul !

Malgré tous les efforts déployés par Pierre Matisse, malgré ce revenu régulier qui nous apaise et nous permet de vivre décemment, tu ne cesses d'être malheureux, de te plaindre, tu as le sentiment de toucher le fond, et je ne suis plus celle qui peux t'aider à remonter à la surface, loin de là, je suis devenue la pierre accrochée à tes pieds. Monter dans ton atelier te lire des poèmes, te tenir compagnie quand tu peins, je ne le fais plus, je préfère consacrer le temps qui me reste à l'écriture. Tes toiles ne me touchent plus, ce constat me fait souffrir, et je ne sais pas comment te le dire. Est-ce inconsciemment le signe que le rôle d'épouse ne me suffit plus ? Que nos espoirs de partager une existence cosmopolite et dévolue à l'art, loin de notre éducation étriquée, ne se sont réalisés qu'en apparence pour moi ? Qu'après de longues années à te servir de fanal j'aspire à faire entendre ma propre musique, avant de devenir sourde et muette ? Tu t'entêtes à me reprocher ma passivité sans te soucier de ses causes. Tes récriminations glissent sur moi comme la pluie sur une paroi minérale. Je me suis mise à l'abri dans un tombeau, où je rejoins mes fantômes, parents, frères et sœur, ensemble nous célébrons les fêtes juives qui ont rythmé mon enfance. Vois-tu, nos chemins divergent. Je ne peux que suivre la pente de mes souvenirs, me bercer avec les sonorités de ma vieille langue maternelle, m'oublier dans la nostalgie. Toi, tu es Chagall, ton génie exige de toi que tu ailles de l'avant, que tu inventes de nouvelles formes, un nouveau langage, sous peine de disparaître.

XXV

Adieu Bella

Un matin neigeux et froid de 1942, un ange russe frappe à notre porte. Yeux noirs, cheveux noirs, une grâce de cygne, je reconnais le chorégraphe et ancien danseur étoile, Léonide Massine. Il vient te proposer de créer le décor, les costumes et les éclairages de son prochain spectacle pour le Metropolitan Opera de New York, *Aleko*, sur une orchestration pour piano de Tchaïchovski, à partir d'un livret inspiré de Pouchkine. C'est l'histoire d'un jeune homme qui part rejoindre une bohémienne du nom de Zemphira au sein de sa communauté. Sa bien-aimée le quitte bientôt pour un autre, malgré ses supplications. En proie au délire, Aleko poignarde l'infidèle et son amant. Banni par le père de Zemphira, il sera condamné à une vie d'errance.

Après cet éprouvant exil en Amérique, tu perçois dans cette tragédie l'écho romantique d'un monde perdu. Mais surtout, c'est la deuxième fois, depuis ta collaboration avec Solomon Mikhoels et le théâtre juif de Moscou, que se présente un projet théâtral grandiose. L'Amérique t'offre en moins de deux ans ce que tu n'as jamais obtenu en France en deux décennies : un format monumental. C'est un nouveau tournant dans ta carrière, celui que j'appelais de mes vœux.

Tu puises dans ton langage pictural quelques motifs familiers – comme le grand coq phallique, les amoureux ou le cheval ailé –, que tu adaptes aux mouvements amples et fluides de la chorégraphie de Massine, appliquant sur quatre immenses panneaux les couleurs éblouissantes qui avaient si tristement disparu de tes toiles. Tu y mets toute ton énergie et tous tes espoirs, ou plutôt tous tes désespoirs. Tu t'emploies à exalter et à faire revivre la Russie de Pouchkine au moment même où notre patrie crève sous les bottes allemandes.

Chaque jour, tu t'enfermes dans ton atelier avec Massine et vous travaillez à la scénographie d'*Aleko*. Aucun de vous deux n'est retourné en Russie depuis vingt ans, mais vous en partagez les mêmes souvenirs. Massine, avant de se marier, a été l'amant de Diaghilev, qui l'a formé, même s'il refuse le titre d'héritier, et n'hésite pas à médire sur son maître. Tu trouves en lui un interlocuteur à ta mesure, passionné d'art et grand collectionneur, mélange équilibré de sensibilité et de rigueur. Par sa formation, Massine accorde une place essentielle aux arts graphiques dans sa chorégraphie. Loin d'être dans le rapport de force, il se laisse inspirer par ta vision du ballet.

En stimulant ta créativité, Massine me sauve également, je peux me remettre à écrire. De mon lit, j'entends le vieux gramophone jouer en boucle Tchaïkovski, et, tant que ces phrases musicales se répètent et résonnent jusque dans le corridor de l'immeuble, je sais que j'ai tout le temps de façonner les miennes. J'écris aussi pour toi. Avec ton cœur si plein, tu comprendras ainsi ce que je ne réussissais pas à dire. Mais en réveillant le passé, une chose me tourmente : notre tendre fille, qui n'a passé que la première année de sa vie dans la maison de mes parents, comprendra-t-elle mon entreprise ? Je veux l'espérer.

Pendant ce temps, tout au long de ces mois de juin et de juillet 1942, des nouvelles de plus en plus terribles sur les massacres des Juifs à l'Est, l'occupation de Sébastopol, la marche des Allemands sur Stalingrad, continuent de nous parvenir.

« Il faut apprendre à danser sous la pluie, Bella. C'est l'unique moyen de survivre », me répètes-tu, avec une véhémence qui cache mal ta propre culpabilité à l'égard de ceux qui sont fauchés par les balles, les bombes, les flammes ou à qui l'on fait subir pire encore.

Sur l'invitation du gouvernement mexicain, la première d'*Aleko* se jouera au Palacio, imposant édifice Art déco pourvu d'un rideau de scène en verre. Vous êtes attendus à Mexico début août, et pour une fois je n'ai pas envie de t'accompagner.

« Il est hors de question de te laisser seule ici à ressasser tes idées noires ! »

Pourquoi ne pas me dire plus simplement que tu souhaites ma présence à tes côtés ? Cependant, tu as la bonne idée de me faire engager comme couturière de la troupe, cela m'occupera les mains et l'esprit.

Loin de la grisaille new-yorkaise, la violence des couleurs, la splendeur des contrastes, les nuits douces, les soleils implacables nous saisissent d'emblée et t'incitent à modifier tes décors jusqu'à la dernière minute. Tu peaufines encore tes toiles de fond sur la scène du Palacio. Tu as fait installer l'atelier de confection près de toi pour pouvoir surveiller l'avancée de mon travail sur les costumes, et me consulter aussi souvent que nécessaire sur le tien.

Je couds plus de soixante-dix costumes que tu peins et accessoirises ensuite. Tu considères qu'un costume de scène est moins un vêtement que la transcription des qualités physiques et morales du personnage qui le porte. Tu as transformé Zemphira, interprétée par Alicia Markova, une danseuse célèbre pour son classicisme épuré, en une furie aux cheveux hirsutes et au teint basané, vêtue d'un costume rouge vif.

La première, à laquelle assiste Diego Riviera, a lieu le 8 septembre. Le public, transporté par la scénographie féerique, réclame dix-neuf rappels. Les danseurs finissent par te traîner sur scène sous les ovations. C'est un triomphe pour toi, une joie profonde pour moi, un jour de soleil dans la nuit.

La troupe joue tout le mois de septembre à guichet fermé. Un vrai bonheur ! Mais après l'effervescence des derniers mois, nous nous retrouvons tous deux désœuvrés, le temps s'étire et nous rend à la réalité, sans rempart face au fracas de la guerre mondiale. Comment profiter de ce moment de gloire et de paix ? Comment ne pas songer aux horreurs perpétrées ailleurs ? Tu recommences à te plaindre, incriminant le climat abrutissant, la nourriture trop pimentée, le manque de raffinement des Mexicains, le désert culturel qui nous entoure. Pourtant, cette pause sous le ciel bleu tranchant et le soleil blanc, tu la regretteras bien assez tôt. Je connais trop bien tes accès de nervosité, et je sais dans quels abîmes ils t'empêchent de sombrer. Mais tandis que tu t'en prends à cette ville qui te rend apathique, tu ne vois pas la fatigue qui s'est abattue sur moi et m'oblige brutalement à garder la chambre.

Mon état de santé ne s'améliore pas avec notre retour à New York, où débutent les représentations au Metropolitan Opera House. Après m'être fait sermonner par Ida qui appelle un docteur en urgence, on ne me permet pas d'assister à la première. Le lendemain, dans le journal, le pape de la critique chorégraphique écrit avoir été ému par l'étrange tristesse qui se dégage de la féerie de tes couleurs et de ton petit cheval ailé bleu du dernier tableau. Selon lui, les décors constituent le véritable succès d'*Aleko*.

Profitant de ce vent favorable, Pierre Matisse, faisant fi de tes craintes et avec la complicité d'Ida, expose tes toiles des deux dernières années dans sa galerie. L'événement suscite l'intérêt de la presse et d'un certain public, on peut donc parler d'un succès d'estime, bien qu'elle attire peu d'acheteurs. Comme elle coïncide avec le vingt-cinquième anniversaire de la révolution russe, tu as négocié avec Pierre d'y présenter *La Révolution*. Un journal communiste yiddish en publie une critique élogieuse, à laquelle tu réponds par une lettre de soutien à l'Armée rouge et à « tes amis et collègues soviétiques ».

Quand tu m'en informes, je manque de m'étrangler. Quelle tentative maladroite de réconciliation. Tu ne renonceras donc jamais ? Tu es prêt à te compromettre avec ce régime monstrueux pour être invité en Union soviétique ? Tu n'as pas besoin d'eux, quand le comprendras-tu ? Ma réaction te met en colère, tu quittes l'appartement en jurant que tu ne me raconteras plus rien.

Quelques semaines plus tard, nous recevons la visite de Solomon Mikhoels. Cela fait plus de dix ans que nous ne l'avons pas revu, il n'a jamais répondu à tes lettres, et soudain il réapparaît ! Je suis folle de joie. Il apporte dans son sillage le souvenir de cette période si joyeuse où il se produisait à Paris avec sa troupe et vivait à la maison. Mais très vite, le doute me saisit. Je tremble qu'il ne soit un espion à la solde du régime.

« S'il est là, c'est qu'il a été envoyé par Staline. Pouvons-nous lui faire confiance ? »

Lorsque je te pose la question, tu m'accuses de ne ruminer que des pensées négatives.

« Il est venu voir mon travail sur *Aleko* ! Alors, oui, c'est un déplacement officiel, mais te figures-tu l'immense preuve d'amitié que c'est ? C'est un début de reconnaissance de la part du régime soviétique. Et puis Mikhoels n'est pas venu seul. Le camarade Itzik Fefer, ce grand poète, l'accompagne ! »

L'euphorie passée, tu es toutefois bien forcé d'admettre que leur visite en pleine guerre froide est un événement sans précédent, cela ne peut en aucun cas s'expliquer par des raisons artistiques et amicales.

Quand tu les interroges à ce sujet au cours d'un déjeuner carpe farcie et cornichons que j'ai organisé chez nous, les deux hommes charismatiques invoquent une levée de fonds en urgence pour aider la population juive en Union soviétique. Mikhoels a fondé le Comité antifasciste juif, et Fefer, également lieutenant-militaire dans l'Armée rouge, en est le vice-président. Nous passons l'après-midi à partager nos souvenirs, à raviver le lien essentiel à nos racines. Je bois trop de vodka, et, ivre de joie et de fatigue, pour un temps j'en oublie mon malaise.

Tant d'émotions contradictoires ont raison de mon regain de vitalité. Durant les trois mois de leur séjour, je suis trop fatiguée pour les recevoir régulièrement, je garde le lit et j'écris. Aucun de nos deux visiteurs n'a pu me donner des nouvelles de ma famille, ils n'ont même pas su me dire si ma pauvre mère est encore en vie. Toi, tu les vois chaque jour, ou presque. Vous faites les clowns ensemble, sortez bras dessus dessous dans vos manteaux rayés et colorés. Le soir, quand tu viens te coucher, je ne me prive pas de te dire le fond de ma pensée. Ton aveuglement m'est odieux.

« Ces deux hommes sont des héros de l'Armée rouge, Bella ! C'est aujourd'hui la seule armée en mesure d'empêcher les massacres de Juifs sur le front oriental. Alors, peu importe s'ils sont des espions du NKVD.

– Comment oses-tu ? As-tu oublié que c'est ce même NKVD qui a assassiné ton vieux professeur Pen, qui a ruiné, volé mes parents, qui n'a cessé de menacer nos familles et nos amis restés au pays et de nous menacer à travers eux ? Je suis révoltée par ta… ta mémoire bien arrangeante…

– Bella, me dis-tu de ta voix douce, aujourd'hui, tous ceux qui cherchent à sauver notre peuple sont du même bord. Himmler a ordonné la destruction de tous les ghettos de Pologne. Seul Staline est en mesure de s'opposer à Hitler. Les temps ont changé, tu dois accepter cette réalité. »

C'est au-dessus de mes forces. Un violente quinte de toux met fin à notre conversation. Qu'y aurait-il à ajouter de toute façon ?

Devant le Comité des écrivains, artistes et scientifiques juifs, auprès duquel tes deux amis sont venus lever des fonds, tu trouves encore le moyen de désigner la Russie et son Soleil rouge comme l'unique espoir du peuple persécuté par Hitler et délaissé par ses frères chrétiens. Et de promettre que nous vouerons une reconnaissance éternelle à ce pays qui aura fait disparaître l'antisémitisme. Dans la salle où j'ai fait l'effort de venir, je suis au bord du malaise. Ton amnésie et ta naïveté me sidèrent.

De retour chez nous, tu me regardes, ahuri, foncer dans la chambre pour m'effondrer tout habillée sur le lit. Tandis que le chagrin éteint peu à peu en moi le désir de vivre, comme le vent l'une après l'autre les flammes du chandelier, tandis que je perds mes forces, et que l'amertume me gangrène, ton optimisme contraint et la pleine confiance retrouvée en tes forces créatrices depuis le succès d'*Aleko* te poussent à vivre, à survivre.

Ida, qui s'inquiète de plus en plus de mon état, passe désormais me voir chaque jour avant de te rejoindre en ville pour le déjeuner. Superbe rousse au caractère franc et déterminé, à vingt-sept ans, notre fille est le pilier de notre trio depuis sa traversée héroïque. Elle fait parler d'elle à New York, où elle s'occupe de ta carrière tout en s'adonnant elle aussi à la peinture. Michel, lui, travaille aux côtés de Pierre Lazareff et tente à travers leur émission de radio à destination du peuple français de donner signe de vie à ses parents restés au pays. Ida, bien plus mondaine que son mari, se sent délaissée et virevolte de soirée en soirée, enchaînant les flirts sans lendemain. Mais voilà qu'elle aussi tombe sous le charme d'Itzik Fefer. Sachant mes réticences le concernant, c'est à toi qu'elle se confie et c'est par toi que je l'apprends. Je ne peux m'empêcher de redouter le pire.

« Cet homme qui la faisait sauter sur ses genoux quand elle avait trois ans a presque ton âge ! Tu l'apprécies et l'estimes. Tous les ingrédients sont réunis. Je connais le caractère intrépide de ta fille. Attention, Chagall ! Ida va tomber amoureuse, son mariage n'y résistera pas ! »

Tu hausses les épaules, dépassé.

Début octobre, nos deux amis repartent en Russie. Ida est en larmes, et son mariage n'a pas survécu. Il n'est évidemment envisageable ni pour eux de rester, ni pour aucun de nous de rentrer au pays. Je regrette moi aussi leur départ, mais pour la douleur qu'il provoque chez vous. Avec ta fille, vous vous bercez d'illusions, cela dissipe votre amertume vis à vis de l'Union soviétique et fait écran de fumée à la réalité d'un régime délétère.

Je respire avec davantage de difficulté ces dernières semaines, tu mets ça sur le compte de la vie citadine et m'emmènes passer une semaine dans un petit hôtel au bord d'un lac. Je prétends que ces huit jours me suffisent, je ne veux pas te causer du tracas ni te retenir loin de New York alors que tu es en pleine période de création. Au contraire, je t'encourage. Tu n'as pas encore renoncé aux tonalités sombres, mais elles sont habitées d'une nouvelle vitalité. Ton tableau *Entre chien et loup*, qui devait être un autoportrait, est devenu un double portrait. Dans ce paysage baigné d'une clarté crépusculaire, tu t'es affublé d'un masque bleu, la palette que tu tiens à la main a perdu ses couleurs, et mon visage surgi de nulle part, enveloppé d'un châle rouge, dépourvu de corps, vient s'appuyer contre le tien et former un drapeau français dans un dernier adieu à la France. Ton pinceau sait, comme toujours ton pinceau a deviné avant toi. J'y ai l'allure d'un fantôme. Ce que je serai bientôt.

À ma demande, nous retournons passer plusieurs mois à Cranberry Lake, dans le petit hôtel. Les forêts de bouleaux, la neige, le paysage lacustre me donnent l'impression de revivre notre lune de miel dans la datcha de mes parents. Dans ma mémoire flottante, le passé danse avec le présent et m'encercle.

Un matin de février, tu rentres triomphant dans la chambre m'annoncer que Vitebsk est débarrassée de ses oppresseurs. Tant mieux, te dis-je. Mais en mon for intérieur je sais que Vitebsk n'est plus, chacun de nous deux le sait. Je suis en train de ranger et de classer mes manuscrits fraîchement terminés.

« Pourquoi tant d'ordre tout à coup ? me lances-tu avec un regard inquiet.

– Tu sauras mieux t'y retrouver ainsi », dis-je, et je ne peux m'empêcher de sourire.

Avec le printemps arrive la nouvelle que nous attendions tant : Paris est libérée ! Nous sommes transportés de joie. Nous ouvrons une bouteille de vodka en trinquant à notre retour prochain en France. Une fraction de seconde, j'y crois moi aussi, j'oublie la petite voix rabat-joie qui est en moi. J'oublie la culpabilité d'être vivante. J'oublie ma lassitude, les douleurs de l'exil. J'oublie qu'il n'y a plus qu'une flamme vacillante qui lutte contre le vent sur les sept branches de mon chandelier. Et, malgré le froid persistant, exceptionnel en cette saison, dans un dernier élan pour me rapprocher de ma mère qui aimait tant nager, j'enfile mon maillot de bain rouge et me dirige vers le lac.

Assise dans la neige, avant d'entrer dans l'eau gelée, je sens ton regard dans mon dos depuis la fenêtre de la chambre. Tu voudrais me retenir de ce côté-là de la rive, m'empêcher de plonger parmi les blocs de glace, mais j'ai besoin de nager, de retrouver nos bains à la russe, la sensation originelle de flotter dans le ventre de ma mère.

Mon âme est épuisée.

Des blouses blanches s'affairent autour de moi. Des instruments tintent sur un plateau de métal. On m'enfonce une seringue dans le bras. « Pas de pénicilline à cause des restrictions », souffle une voix. « Essayons de soigner l'infection avec ça », dit une autre. De ces voix étouffées, je n'en reconnais aucune. Je voudrais crier. Aucun son ne sort, on m'enfonce un tuyau dans la bouche, ça m'apprendra. J'ai si mal à la gorge, elle me brûle, non, elle me consume, elle est la braise qui a allumé la fièvre. Je claque des dents, la sueur ruisselle sur mon corps glacé, brouille ma vue. On me pousse sur un brancard, cliquetis métallique, le couloir n'en finit pas, très haut au-dessus de ma tête, une lumière blanche défile, à toute allure. Enfin, j'entends ta voix. « Est-ce qu'elle va s'en sortir ? » « Votre femme est dans le coma. » Dans le coma ? Moi ? Je voudrais te rassurer, te prendre la main, mon amour, c'est mieux comme ça. Les voix s'assourdissent. Je ne vois plus rien. Tout est blanc et c'est comme si tout était noir, c'est la fin des couleurs. Est-ce que quelqu'un va rallumer les lumières ? Et ma fille, mon Idotchka, où est-elle ? Se tient-elle près de mon lit avec les autres à fixer mon visage figé ? Je ne la sens pas. Juste toi, mon pauvre mari paniqué, perdu, qui parle si mal anglais. Ne te morfonds pas, personne n'aurait pu me sauver. Je ne vous laisse pas seuls, dis-le à Ida, je serai toujours votre ange gardien, ta Bella, sa maman.

Je voudrais ouvrir l'œil, ma paupière est gelée. Même toi je ne t'entends plus. La douleur a disparu, où est ma gorge ? Est-ce la mort ? Je connais la réponse, mais qui peut dire encore « je » ? Mon âme ? C'est donc ça, le dernier voyage ? J'évolue dans une toile blanche sans couleurs, en apesanteur, dans une autre dimension, où le temps est sans repères.

Je n'ai plus d'yeux pour te voir, de bouche pour te parler, d'oreilles pour t'entendre, de nez pour te respirer, de main pour te sentir. Me reste mes pensées pour t'emporter là où je vais.

7 janvier 2021

Un pas, puis l'autre, mes pieds nus s'enfoncent dans la poudre du champ de neige, un champ vierge, intact, étincelant, où je laisse mes traces, les dernières. Je porte un simple maillot de bain rouge, comme un trait sur mes lèvres, et c'est tout, je brave le froid, le vent, les flocons qui me font cligner des yeux, j'avance dans le désert tout blanc, j'avance reliée à tout le cosmos, je suis la vache qui rumine dans l'étable, le cheval qui se fouette les flancs à l'aide de sa queue dans l'enclos, l'oiseau noir qui s'élève dans les nuages, je suis le ciel blanc, l'odeur du feu dans la cheminée, je suis le vieux paysan entre les murs humides de sa ferme qui retourne les bûches dans l'âtre, je suis l'air que je respire, ce brouillard opaque qui glisse sur ma peau, je suis toi que je laisse partir, parce que l'amour véritable ne retient pas, il libère, il n'étouffe pas l'autre, il lui apprend à mieux respirer, je m'assiérai au bord du lac, je ne me retournerai pas, j'irai nager au fond sous les blocs de glace…

« Coupez ! »

Natacha, l'habilleuse, bondit sur moi avec une couverture, un bonnet fourré, des gants. Julien, le deuxième assistant, m'apporte un thé brûlant. Je n'ai même pas froid, pourtant cela fait déjà plus d'une heure que nous essayons de mettre la scène en boîte. Une question de lumière, d'instant magique à capter, je veux atteindre le sacré qui permet d'évoquer la mort comme une renaissance, qui suggère sans l'affirmer que Bella, à cinquante-cinq ans, a choisi de mourir.

Je m'approche du combo pour visionner la prise. On me voit m'éloigner, petit point rouge qui progresse dans une atmosphère cotonneuse et disparaît dans un dernier rayon de lumière blanche. C'est évanescent, troublant. Parfait, dis-je en me retournant vers Fabio, le chef opérateur, c'est la bonne. Un mince sourire se dessine sous sa barbe. Je lui prends la main pour la réchauffer entre mes moufles, il passe un bras autour de mon épaule.

J'ai attendu qu'il soit disponible pour tourner mon film. Personne d'autre que lui n'aurait pu comprendre mon projet. Certains des plus grands metteurs en scène disent de lui qu'il est un magicien de la lumière. C'est vrai, mais il reste très humble, sa caméra est un pinceau qu'il met au service de la vision d'un autre. Il a accepté de s'engager dans l'aventure d'un premier film parce que le sujet lui plaisait et qu'il adore ta peinture des trente premières années. Il a pensé chaque plan comme un de tes tableaux.

Je lui trouve une ressemblance troublante avec toi, les yeux bleus en amande, le nez, la bouche, mais surtout l'air fluet d'un funambule en équilibre au-dessus du gouffre alors qu'il est un arbre solidement planté qui agite ses feuilles vers le ciel.

Au fil des jours, mon assurance en tant que réalisatrice l'a mis en confiance, j'ai gagné son respect. Puis nos corps se sont rapprochés. Les tournages favorisent les histoires d'amour qui survivent rarement au film. Qui sait ?

Je fais signe au premier assistant d'entraîner l'équipe sur le décor suivant, le petit hôtel où Chagall, joué par Raphaël, peint et voit la scène, et d'aller chercher l'acteur dans sa loge.

Quand j'ai vu la nappe de brouillard tombée sur la vallée ce matin, ta voix, Chagall, m'a convaincue que c'était aujourd'hui qu'il fallait tourner la scène finale... Tu m'as dit une mort blanche, la disparition des couleurs, c'est ça pour moi la mort.

Lorsque j'ai apporté le projet à un producteur après y avoir travaillé près d'un an, je m'attendais à ce qu'il le refuse ou me demande de le réécrire pour une adaptation théâtrale ou un unitaire pour la télévision, bref, je m'étais préparée à un chemin de croix. Ma seule exigence était de jouer le rôle de Bella. J'étais ferme sur ce point, personne ne le jouerait à ma place.

Le producteur m'a soutenue dès le début et, à ma grande surprise, je n'ai pas rencontrée les difficultés présumées. Cependant, il nous a fallu des années pour convaincre les investisseurs, qui voulaient tous une actrice plus « bankable ». Je rêvais de réaliser ce film, mais cela me semblait hors de portée. Puis, un beau jour, le metteur en scène pressenti s'étant désisté, le producteur m'a dit « toujours partante ? ». Et comment ! Ma bonne étoile veillait.

Épilogue

La neige, son blanc manteau, indice de merveilleux, m'a poursuivie jusque dans les rues de Paris en ce soir de février, où, frissonnante dans ma robe de soie verte, j'ai pris place entre Raphaël et Fabio dans l'impressionnante et bruissante salle Gaveau. Sur scène, au pied du grand orgue datant de 1900, une actrice désopilante dont j'ai oublié le nom fait durer le suspense. Il faut dire que c'est tout le gratin du milieu qui est suspendu à ses lèvres, chacun, chacune des nommés espérant repartir avec une petite statuette en bronze doré. Les plus grands pianistes et chefs d'orchestre ont joué dans cette salle mythique, et c'est la première fois que la cérémonie des Césars s'y déroule, j'y vois un clin d'œil de ta part.

Fabio, à ma droite, est le plus décontracté de nous trois, il a déjà remporté le prix de la meilleure photo deux ans plus tôt, il a presque l'air détaché, le smoking lui va bien, je planque ma main dans la sienne. Raphaël, plus connu comme chanteur que comme acteur, est plus tendu; sa jeune femme, Mélanie, ravissante actrice blonde aux joues roses, lui tend une petite fiole de vodka en rigolant. Soudain, elle bondit de son fauteuil quand il est appelé sur scène dans la catégorie « Meilleur acteur ». Mon cœur explose de joie, je le serre dans mes bras avant de le laisser passer. Il ne l'a pas volé, c'est un Chagall tout en sensibilité, en profondeur, la justesse de son jeu m'a épatée, je ne pouvais pas rêver meilleur interprète et meilleur partenaire.

Je me rassois, essuie la sueur de mes mains contre le velours jaune bouton d'or de mon fauteuil, mes jambes se croisent et se décroisent. Les catégories se succèdent. Jusqu'à « Bella Kessler ! » Mon nom retentit dans la salle pour la catégorie « Meilleur premier film ». Fabio, fou de joie, m'embrasse à pleine bouche, je me lève, vacillante, et rejoins la scène sous les applaudissements. L'actrice rigolote dont je n'ai pas retrouvé le nom me tend le micro en minaudant. Je prends une longue inspiration, j'ai retrouvé mon calme, les deux Bella en moi sont parfaitement réunies, la Bella muse et la Bella conteuse, je rayonne de leur énergie quand je brandis ma statuette et remercie Fabio car sans la magie de sa photo mon film serait la moitié de ce qu'il est, ainsi que toute l'équipe que j'invite à me rejoindre. Et du fond de mon cœur, du plus profond de mon être, je te remercie, Chagall, pour ce miracle. C'est alors qu'un souffle, une ombre, toi, mon funambule, toi dans ton manteau rayé de couleurs, tu te glisses à ma gauche et viens saluer avec moi. Fabio, qui me tient l'autre main, ne s'aperçoit de rien, ni personne dans le public de la salle. Je suis émerveillée de sentir ma main dans la tienne tandis que se prolongent les saluts sur scène.

Comblée, je rejoins mon fauteuil pour assister à la suite de la cérémonie, c'est l'instant que tu choisis pour me chuchoter à l'oreille « maintenant, il nous reste à écrire le roman ».

Cela semble irréel.

Remerciements

Cécile David-Weill. Merci à toi, mon amie écrivain, pour tes encouragements, tes conseils éclairés et ta si belle amitié.

Astrid de T'Serclaes. Sois bénie, mon amie arty, pour m'avoir ouvert les portes de ta résidence artistique, un temple grec où il a été si doux d'écrire parmi les cyprès, les oliviers et les papillons jaunes !
Insta : therapeia.artresidency

Merci à Olivia Roland, toujours présente et à l'écoute, pour ta lecture sincère.

Merci à Emmanuel Schlumberger pour m'avoir aidée à donner le coup d'envoi de ce roman.

Merci à ma chère éditrice pour son enthousiasme et ses idées pertinentes. Et bien sûr à toute son équipe !

Enfin, un grand merci à ma mère qui a géré mes séjours d'écriture en Normandie comme une fée.

Bibliographie

CHAGALL, Bella. *Lumières allumées*. Gallimard, 1973. Collection Blanche.

CHAGALL, Marc. *Ma Vie*. Stock, 1993.

CHAGALL, Marc. *Marc Chagall, les années russes, 1907-1922*. Musée d'art moderne de la ville de Paris, 1995.

COLLECTIF. *L'École de Paris, 1904-1929*. Beaux-Arts collection, 2000.

COLLECTIF. *Chagall, connu et inconnu*. Galerie nationale du Grand Palais, 2003.

MARIE, Jean-Jacques. *La Guerre des Russes blancs*. Tallandier, 2017.

MEYER, Franz. *Marc Chagall*. Flammarion, 1964.

PAULVÉ, Dominique. *La Ruche, un siècle d'art à Paris*. Gründ, 2002.

WULLSCHLAGER, Jackie. *Chagall*. Gallimard, 2012.

Conception graphique
Anne-Marie Bourgeois/m87design

✺

Achevé d'imprimer
sur Roto-Page
par l'Imprimerie Floch
à Mayenne,
en avril 2021.

●

Dépôt légal
mai 2021.
Numéro d'imprimeur
98219

Édition n° 1

Imprimé en France